父のアルバム

伊藤　巖　　田中典子

春風社

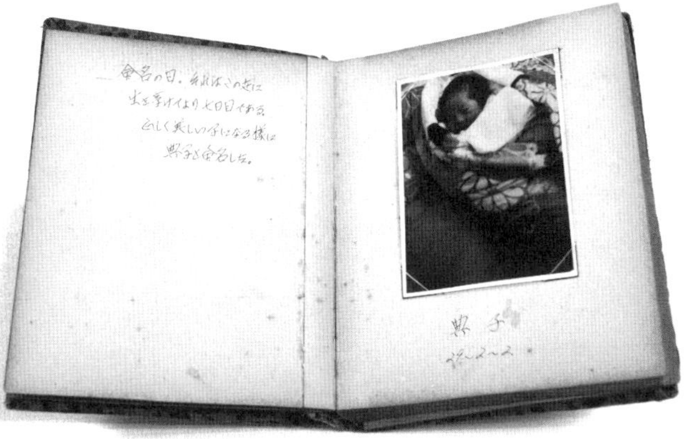

はじめに

平成14年(2002)に父が亡くなり、十年余り経った平成26年1月、母が亡くなった。私の60歳の誕生日の前日だった。その2日前に入所していたホームを訪れ、「私、もうすぐ六十になるんだよ」と言うと、認知症だった母は「もう、そんなに⁉」と驚いていたが、私が生まれた時のことはよく覚えていて、いろいろな話をしてくれた。雪の降る日にタクシーで布団を運んだこと、お産は軽かったが、小さく生まれて心配したこと、など。

その母がいなくなり、もう私が生まれた頃のことを話してくれる人はない。でも、幸い、私の手元にはたくさんのアルバムが残されている。それらは父が記録してくれたものだ。ひとつのアルバムの冒頭に、父は次のように書いている。

古諺に「子をもって初めて親の恩を知る」とあるが、私もどうやらその資格を得た。

一人で一人前になったような顔をしている私でさえ、過去はあり、幼かりし思い出はほのかにあるのだが、判然としていない。

そこで或る程度、写真によって記憶をよびおこす術があったならば、若い日をフツ〳〵と考へだすことができるのではないだろうか。(……) あとで大きな宝物となるだろうことを期待しつゝ完成した次第である。

1959年12月記

この言葉通り、アルバムは私の「大きな宝物」となった。子供を持たなかった私は、子育ての体験を通して親の恩を実感するということはない。しかし、これらのアルバムを眺めていると、小さな赤ん坊の変化に一喜一憂し、ひとつひとつの動作を心配しつつ優しく見守ってくれた両親の視線を通して、親の想いを感じずにはいられない。親の愛を溢れるほどに受けて育つことが当たり前ではないということを知っている今、私は本当に恵まれていたと思う。そして、このように愛された記憶は、私が生きる過程で困難に出会った時、大きな力になってくれたことは間違いない。

これらの膨大な数のアルバムの、ほんの一部ではあってもまとめておきたいと考えたのは、ひとつには全く個人的な理由による。「自分の宝物」が、やがて訪れる私の死と共に廃棄されてしまうことに私は耐えられないのだ。すでに表紙はボロボロになり、頁も分解しつつあるこれらのアルバムは、多分、誰の目にも留まらずにゴミとして処分されてしまうのであろう。その様子を想像すると、ゴミに埋もれたアルバムの向こうに、ファインダーを覗く父、行きつけのカメラ屋さんに自慢話をする父、ネガを透かして傑作を選ぶ父、気に入った一枚にコーナーを付ける父、定規で線を引く父、万年筆でコメントを書き込む父、などの姿が重なって、泣けてきてしまうのである。

もうひとつの理由は、これらの写真の中に、昭和の家族のある典型的な姿が記録されているのではないか、と考えたからである。

当時、私の家族は6人であった。すでに退職していた祖父、未婚で後に祖父を看取ることになった叔母、間もなく結婚して家を出たもうひとりの叔母、会社員の父、見合い結婚で神奈川から東京へ嫁いできた母、そして、ほぼ1年後に生まれた私である。

縁側のある木造二階建ての家に住んでいた。庭には灯篭《とうろう》があり、ヤツデやツワブキなどが植わっていた。隣家との境は低い垣根で、母はよく庭で洗濯物を干しながら隣のおばさんとおしゃべりしていた。夏には井戸で冷やしたスイカを食べ、冬には堀炬《ほりご》燵《たつ》と火鉢で暖を取っていた。家族みんなで、卓袱台《ちゃぶだい》でご飯を食べた。昭和28（1953）年がNHKテレビ放送開始であるが、私が生まれた昭和29年の我が家にはまだテレビはなかった。いわゆる「黒電話」という一般家庭向きの電話が大量生産されたのは昭和25年とのことだが、我が家ではまだ必要な時に隣家に借りに行っていた。

このような、今では考えられないような「不便な」状況であったが、当時はそれが当たり前であり、特に不便だとも思わなかった。もちろんクーラーもなかったが、真夏でも夜には涼しいことが多く、蚊帳の中で寝るのは子供にとっては楽しみのひとつであった。核家族でない世帯が多く、その中で夫婦げんかをしたり、嫁の立場に疲れた母が小さい私を連れて実家に帰ったりしたこともあったが、それはどの家族にもあるような出来事だったのではないだろうか。必ずしも「昔は良かった」とは思わないし、現在の私たちはそこに帰ることはできない。しかし、そこには失いたくないものもあるような気がする。

父のアルバムに残された家族の断片は、「昭和の家族」とその空気を映しているようにも思われる。その時代を経験された方々にとって、このアルバムがご自身の家族を思い出す縁《よすが》となることがあれば嬉しい。また、より若い世代の方々に、昭和の家族の姿に想いを馳せていただくことができれば幸いである。そのようなことが少しでも叶えば、父にとっても望外の喜びであろう。

時代背景を把握していただくために、書籍やネットの情報を参考に、私が生まれてから4年間の年ごとの「できごと」を付した。他にも重要な出来事を多く残しつつ紙面の都合で10件に絞ったが、それらを見るだけでもこの時代の空気がうかがえる。昭和29年、マリリン・モンロー来日に湧いた翌月、ビキニ環礁でアメリカの水爆実験が行われ日本の遠洋マグロ漁船「第五福竜丸」が被爆。昭和30年、基地拡張反対の砂川闘争が始まり、第一回原水爆禁止世界大会が開かれる一方で、食の安全性が問われることになった「森永ヒ素ミルク中毒」が岡山県から報告。昭和31年、経済白書が発表され「もはや戦後ではない」という言葉が流行った年、「原因不明の奇病」として水俣保健所が後の水俣病を公表。昭和32年、東海村原子力研究所で初の「原子の火」が点火され、NHK、日本テレビがカラーテレビの実験放送を開始。まだ多くの人びとの中で戦争体験が生々しい時代であった。3月10日生まれの父は、誕生日になると必ず昭和20年同日の東京大空襲で焼け出された時の話をした。戦後の冷戦構造も影を落としていた。高度成長に向かう希望と矛盾が現れてきた時代でもあった。これらの中には現在の出来事につながるものも多い。

このような時代の中で、父は34歳で結婚して子供を持ち、心を込めてその子を記録していった。写真撮影が趣味だった父にとって、生まれた赤ん坊は恰好の被写体だった。文章を書くのも好きだった父は、写真の横にことばを入れる作業を楽しんだことだろう。父の筆跡について、母と私は「お父さんの字はすぐ分かる。変わった字だね」と話したものだ。この懐かしい父の肉筆を残すため、誤記と思われるものも含めて、そのまま用いることにした。写真の下の「ひとこと」は、父の言葉を読みながら写真を眺めて、現在の私が感じたことである（資料を参考に当時の情報を加えたところもある）。

この写真集をまとめるにあたり、春風社の三浦衛氏、石橋幸子氏、山岸信子氏に大変お世話になった。構想の段階から、自宅でたくさんのアルバムやスクラップ・ブック、ノートなどを見ていただいた。その作業後、赤羽の居酒屋「まるます」での語らいも楽しいひとときであったが、そこはかつて春風社を立ち上げる相談をされた場所だとのことである。春風社が立ち上がっていて私には幸いであった。春風社の皆さんの助けがなければ、このアルバムは日の目を見なかったのではないかと思う。

その後、私の家族にもさまざまな変化があった。昭和34年に妹の京子が誕生したが、重度の知的障害を負っていた。機会があれば、次は母と妹に焦点を当てて続編をまとめてみたいと考えている。その時には、また春風社の皆さんにお世話になりたいと願っている。

2015年3月10日

東京大空襲があった日
そして父の誕生日に

田中典子

目　次

典子の揺籃

1954

できごと—昭和29年(1954)

2月	ジョー・ディマジオ、マリリン・モンロー夫妻、来日 テレビ受信契約、一万台突破
3月	ビキニ環礁で米水爆実験、日本の遠洋マグロ漁船「第五福竜丸」被爆 ディズニー映画『ダンボ』封切、初の日本語吹き替え映画
7月	防衛庁、自衛隊発足
9月	黒澤明『七人の侍』、溝口健二『山椒大夫』、ベネチア映画祭で銀獅子賞 ビキニ水爆実験被災の第五福竜丸無線長、久保山愛吉没
11月	特撮映画『ゴジラ』封切
12月	プロレス初の日本選手権、力道山がチャンピオン

＊流行・・・ミルク飲み人形、粉末ジュース、怪獣

マリリン・モンローと
ディマジオ来日

日本選手権で優勝の力道山

1954年

典子の揺籃

（1）

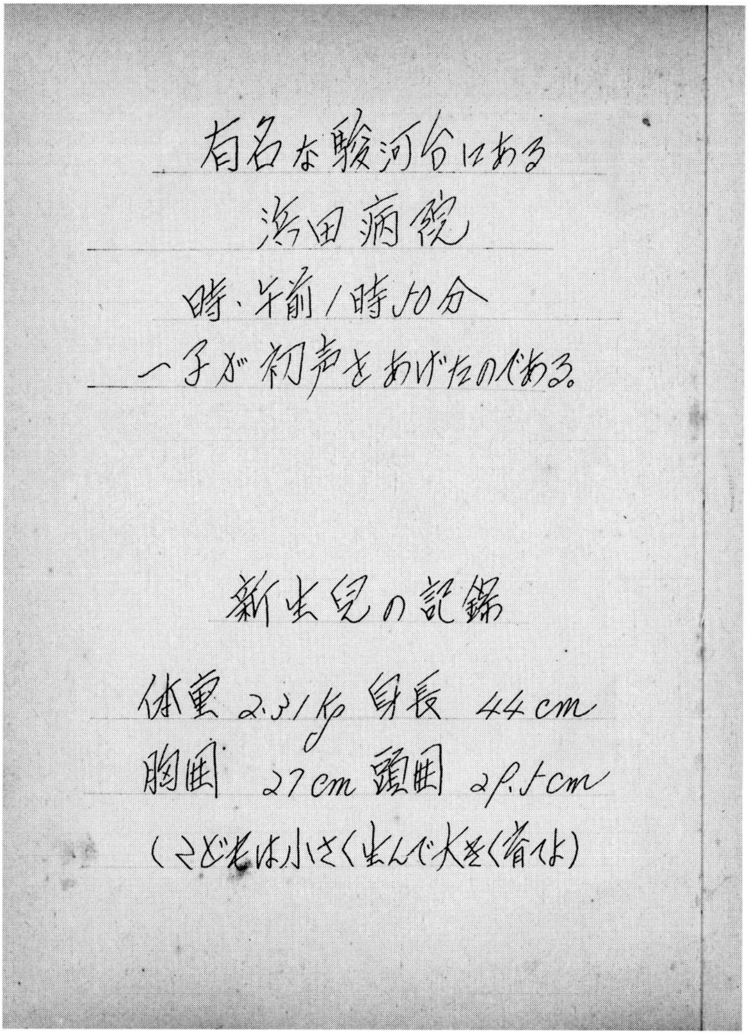

有名な駿河台にある

浜田病院

時、午前1時50分

一子が初声をあげたのである。

新生児の記録

体重 2.31kg 身長 44cm

胸囲 27cm 頭囲 28.5cm

（こどもは小さく生んで大きく育てよ）

2,310 グラムの小さな赤ん坊に、皆、無事に育つかどうか心配したそうだ。2015 年現在、新生児女子の平均は 2,910 グラムとのことなので、確かに小さい。

命名の日。それはこの世に
生を享けてより七日目である。
正しく美しい子になる様に
典子と命名した。

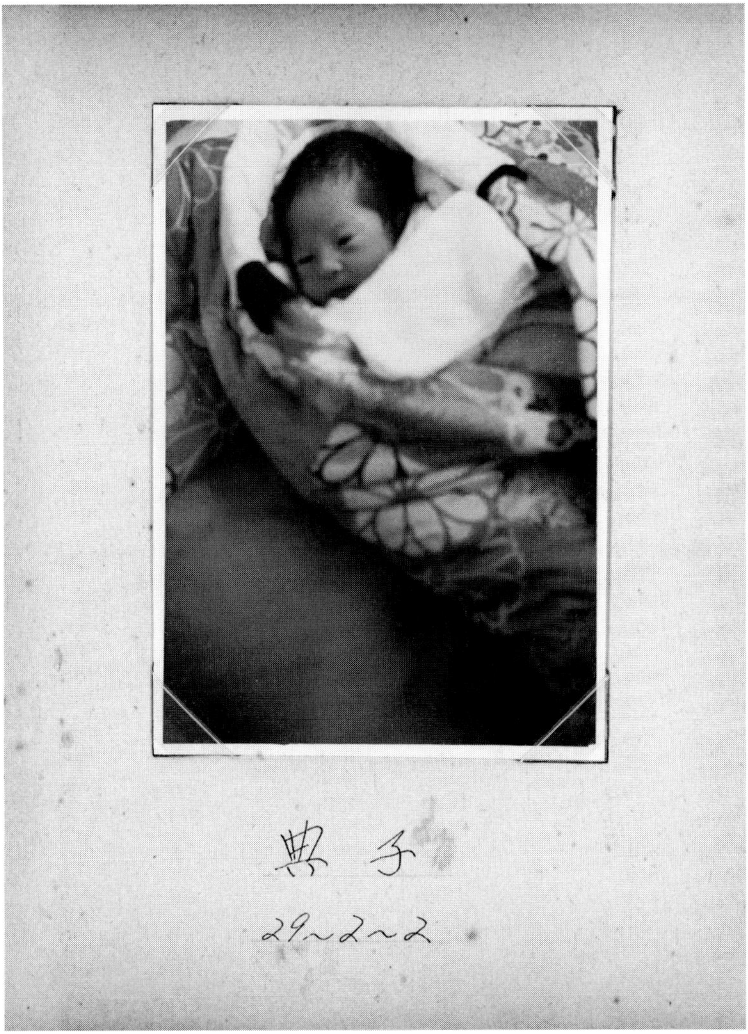

父母が「典子」に込めた願いが叶ったかどうか……？　当時は女の子の名前にはたいてい「子」がついていたが、2014年度の女の子の名前の1位は「陽菜（ひな／ひなた）」だそうだ。10位までに「子」のつく名前はない。

吾が家に戻って初の行水。
小さな身体をぐっとふんばり、
のびをする。気持がよいのだ。
猿面冠者の様に力んでゐる。

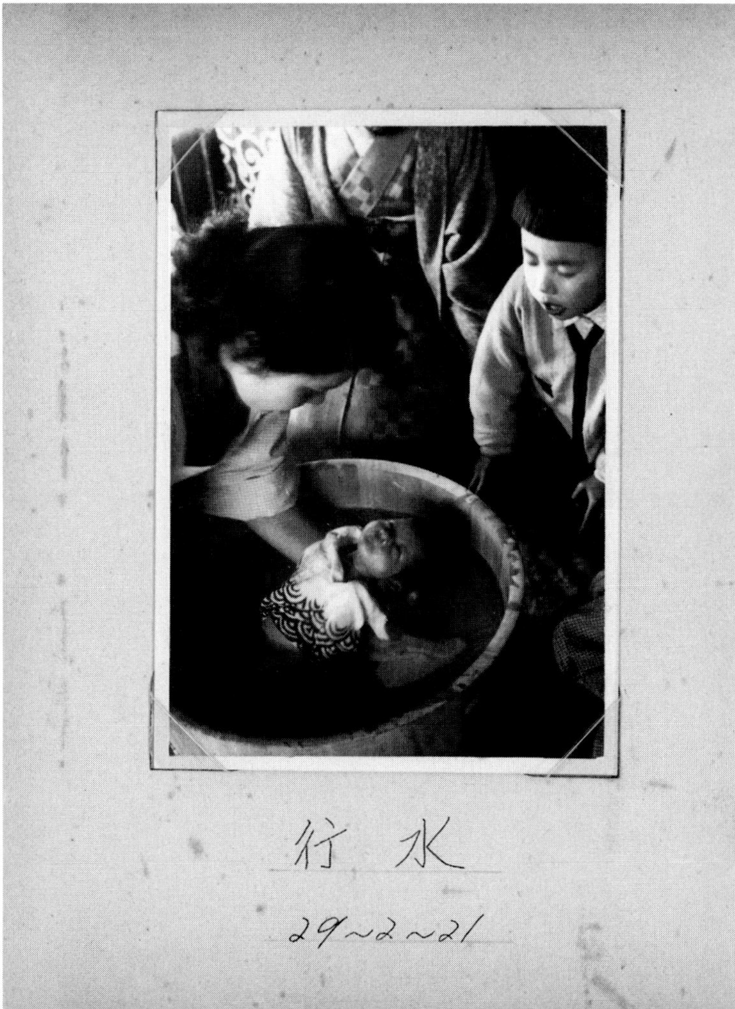

木の盥《たらい》、手ぬぐい、叔母の和服、に昭和らしさが……。まだ目は見えないだろうが、母と視線を合わせているみたいだ。だけど、「猿面冠者の様」ってちょっとひどい！

母性愛。これは一つの
タイプであるが はたのみる
目も羨やましい限りである。
男子よ。健康ですく〳〵と
成長せよと、陰の声はさゝやく。

「陰の声」とは父のことか。傍で見守る自分の立場に、母が羨ましかったのか。長寿や子孫繁栄を表すという唐草模様の風呂敷は、当時どの家にもあったようだ。

親ともなると赤っ子が日々
変化して行く姿をみては
喜んでゐる。

おもちゃのおの字も知らない子に
おもちゃを與へる親馬鹿だ。

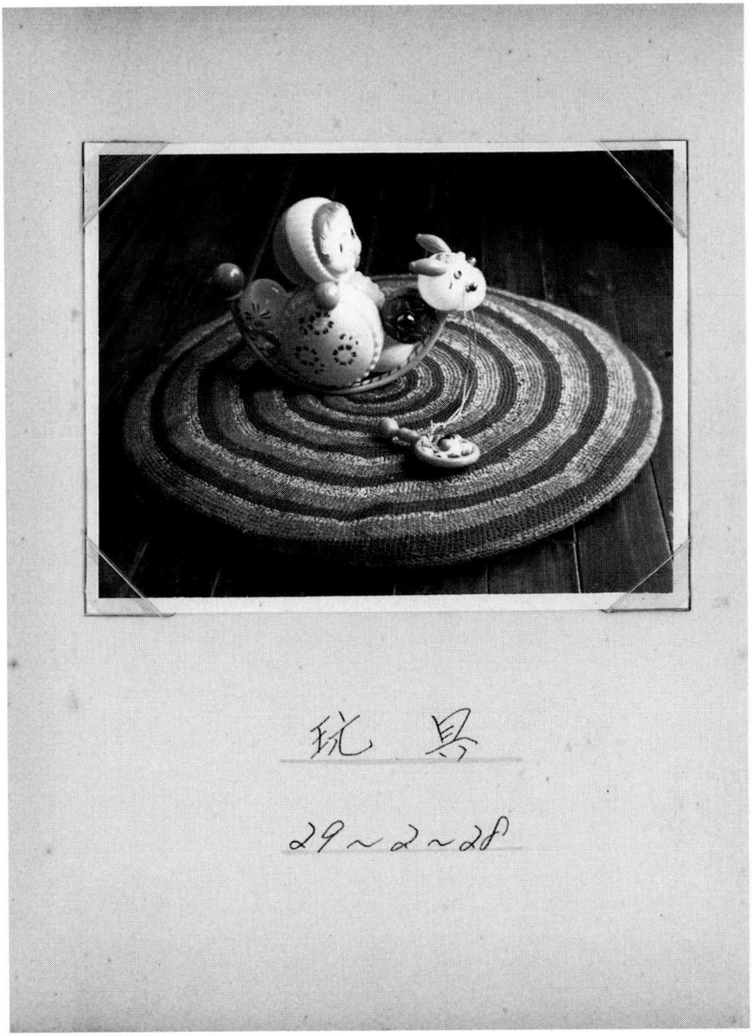

縁側に置かれた母手編みの座布団とセルロイドの玩具。この素材は燃えやすく、1955年、アメリカで可燃物質規制法が成立して輸出できなくなり、製造が落ちたとのこと。

父性愛。これも一つの
タイプと云へるだろう。
典子の身体が軽い。
こわれものでも抱く様で
ちょっとピッタリこないところを
パッチとやられた。

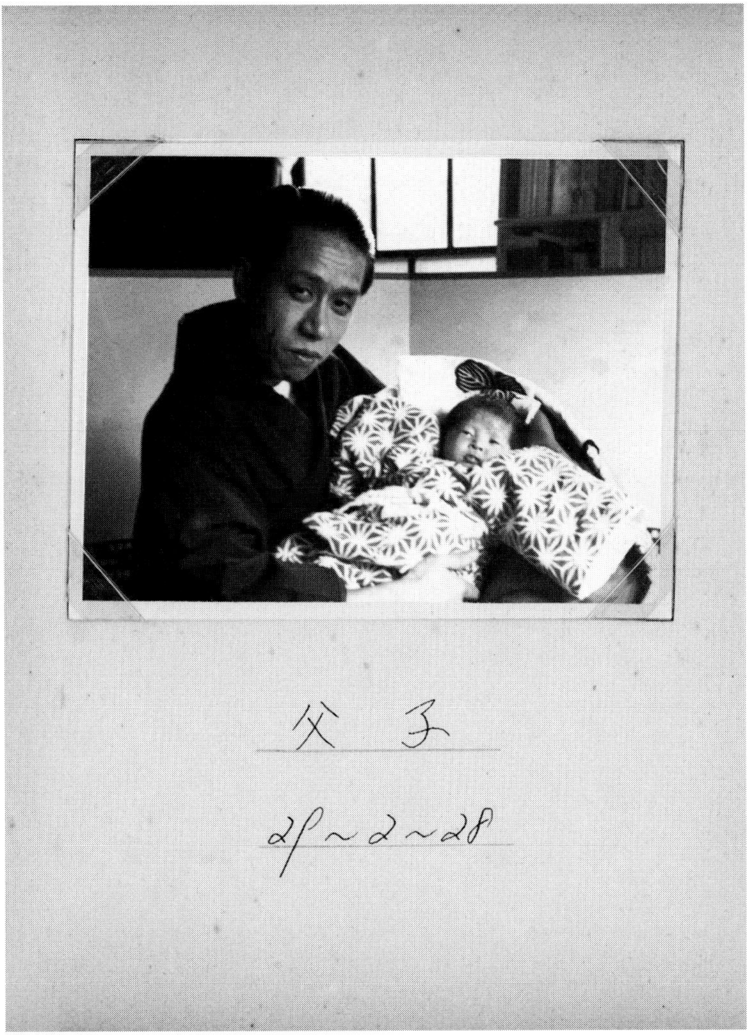

「麻は丈夫ですくすくとまっすぐに伸びる」と言われ、その願いを込めて「麻の葉」の模様はよく産着に使われた。今も赤ちゃんはこの模様の産着を着せられることがあるのだろうか。

典子は人間の仲間入をしました。
それは、お茶を呑むようになったから
なのです。実にうまそうに呑みますよ。
今その実験をしているところです。

6ヶ月・発育状態

体重 6.45 Kg
身長 58.2 cm

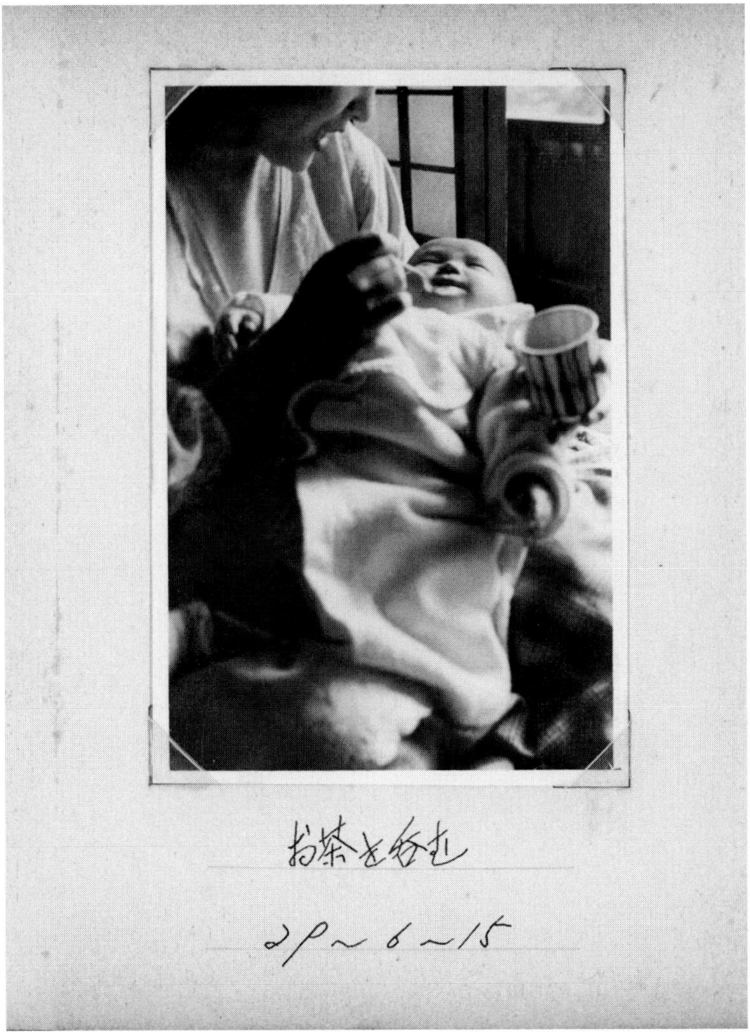

生まれてから半年ほど経って、体重も倍以上になり、お茶も呑むようになった私。この頃から離乳食も始まっていたのだろうか。既製品がなく、大変だったことだろう。

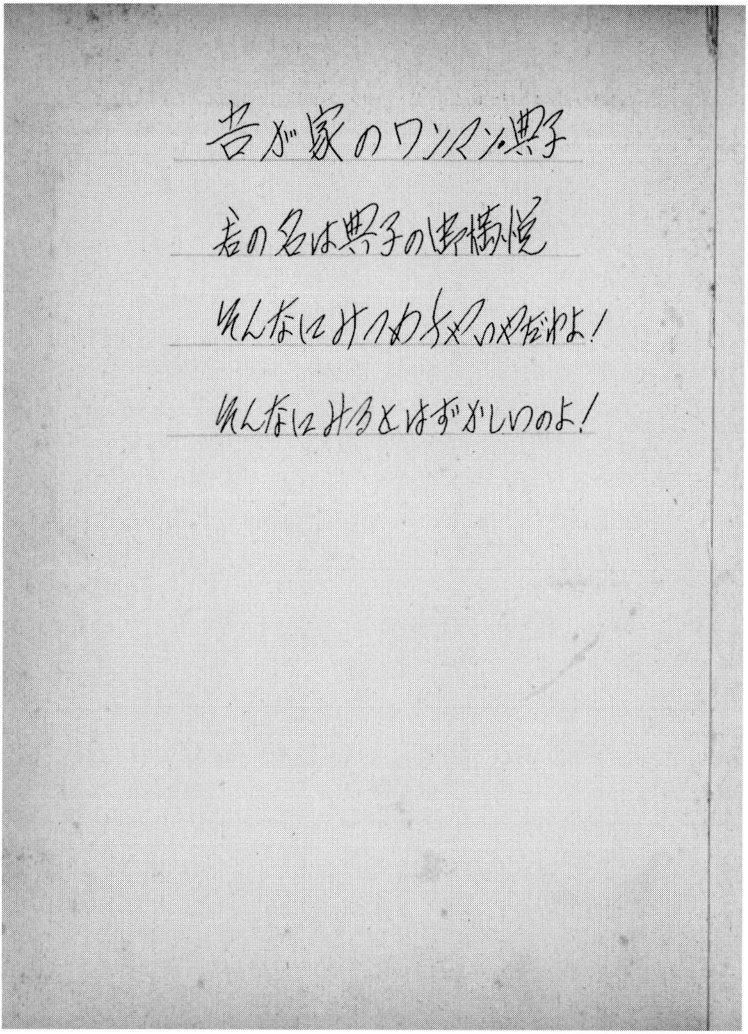

吾が家のワンマン典子

君の名は典子の専横慢

そんなにみつめちゃいやだわよ！

そんなにみるとはずかしいのよ！

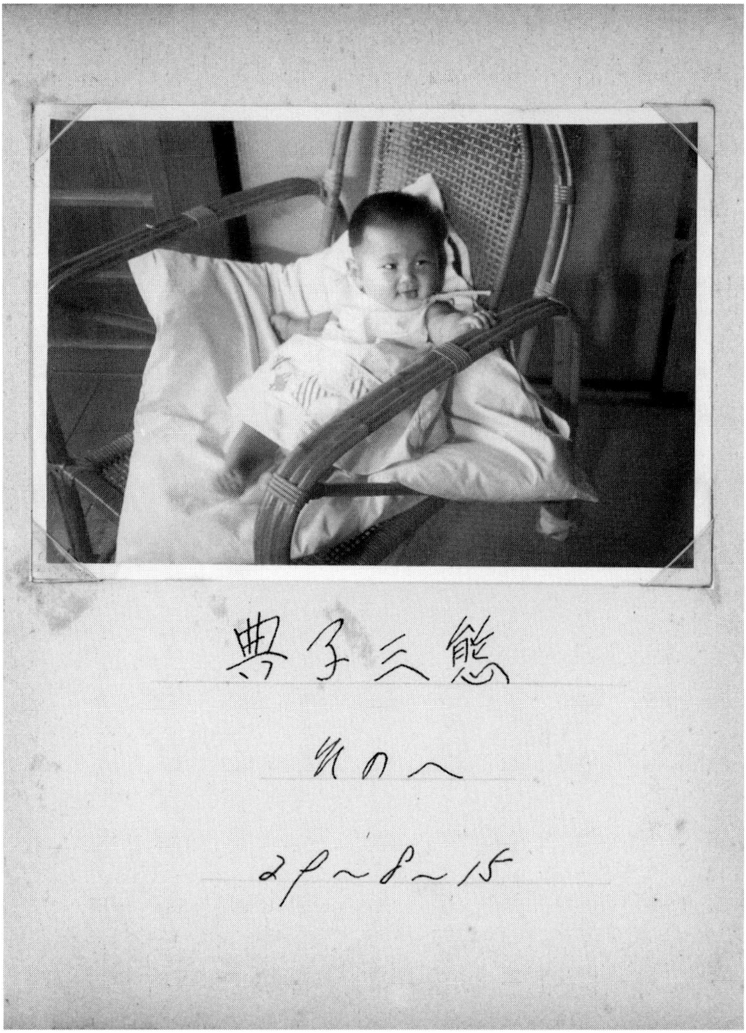

母のお手製のワンピースを着て、ご機嫌の私。子供の頃の服はたいてい母の手作りだった。ちょっと面白いデザインとか、可愛いアップリケとか……。

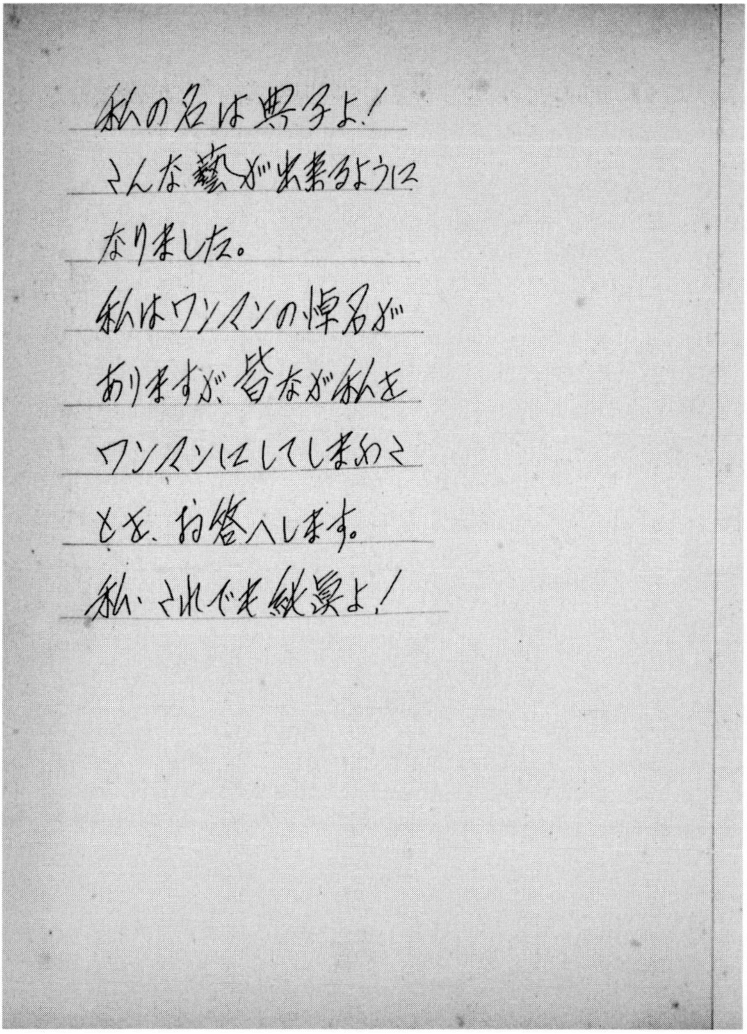
私の名は典子よ！
こんな藝が出来るように
なりました。
私はワンマンの悼名が
ありますが、皆なが私を
ワンマンにしてしまわさ
とを、お答へします。
私、されでも純真よ！

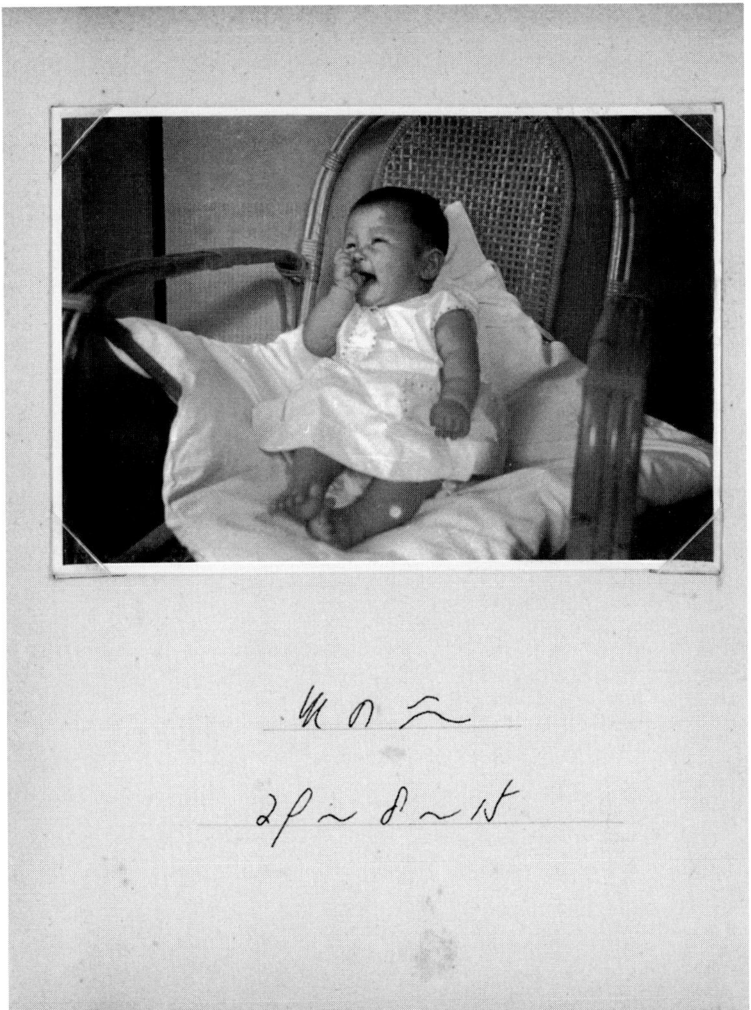

「こんな芸が出来る」と言っても、ただ指をしゃぶってるだけみたいだけど……。籐の椅子は夏らしい家具として、多くの家庭で見かけるものだった。

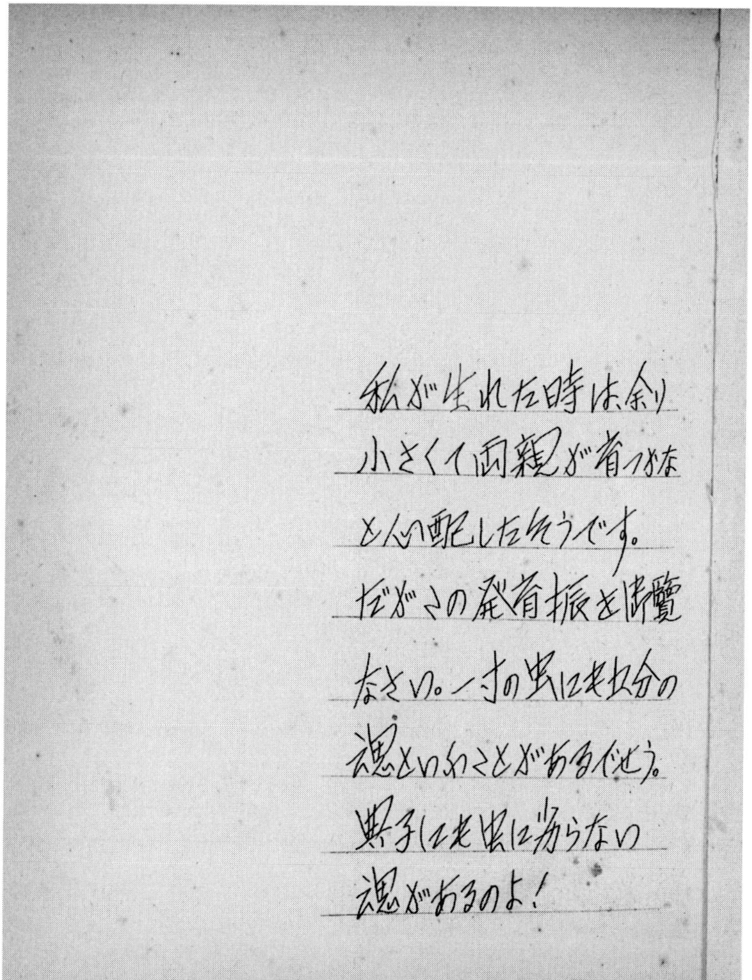

私が生れた時は余り
小さくて両親が育つかな
と心配したそうです。
だがその発育振を御覧
なさい。一寸の虫にも五分の
魂といふことがあるでせう。
男子にも虫に劣らない
魂があるのよ！

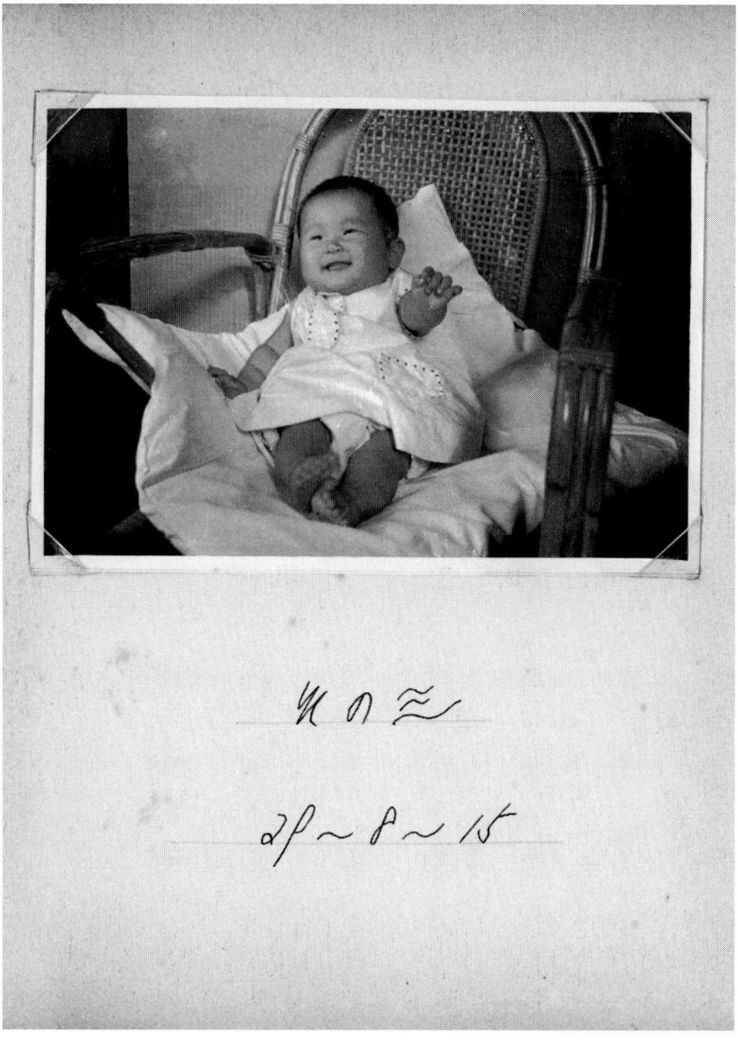

生後７か月近くになり、まわりのものに興味津々だったことだろう。目に映るもの、聞こえるもの、をどのよう感じていたのか。「虫に劣らない魂がある」確かに。

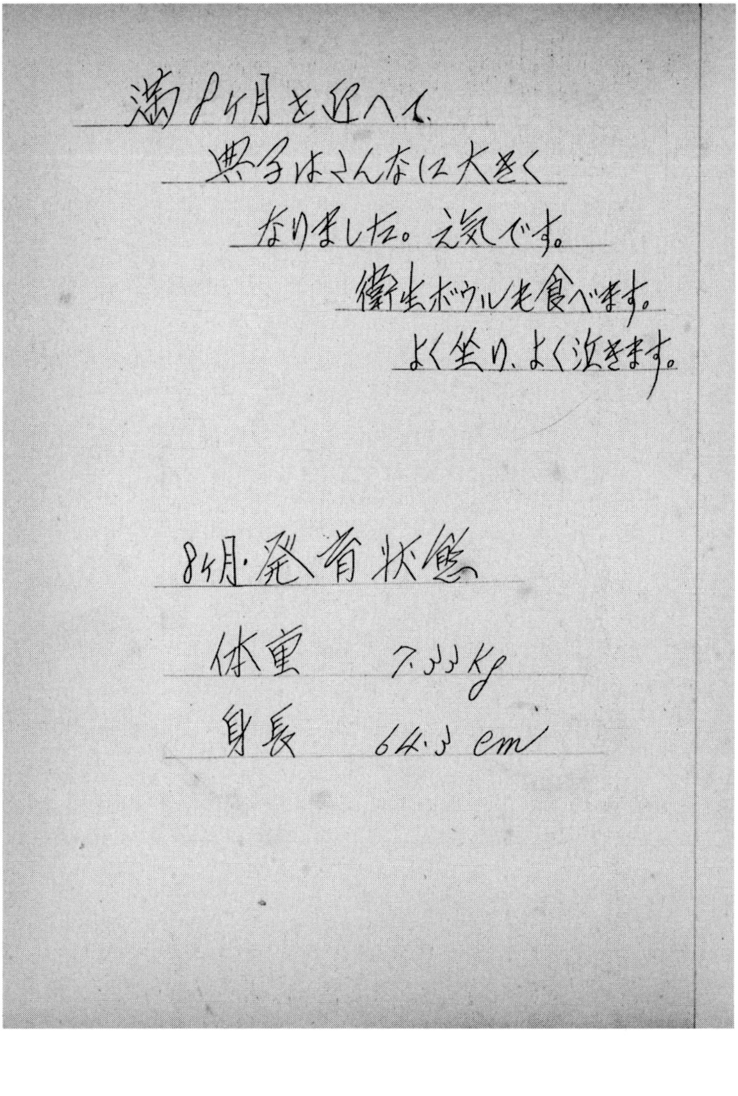
満8ヶ月を迎へて、
典子はこんなに大きく
なりました。元気です。
衛生ボウルを食べます。
よく笑い、よく泣きます。
8ヶ月・発育状態
体重　7.33 Kg
身長　64.3 cm

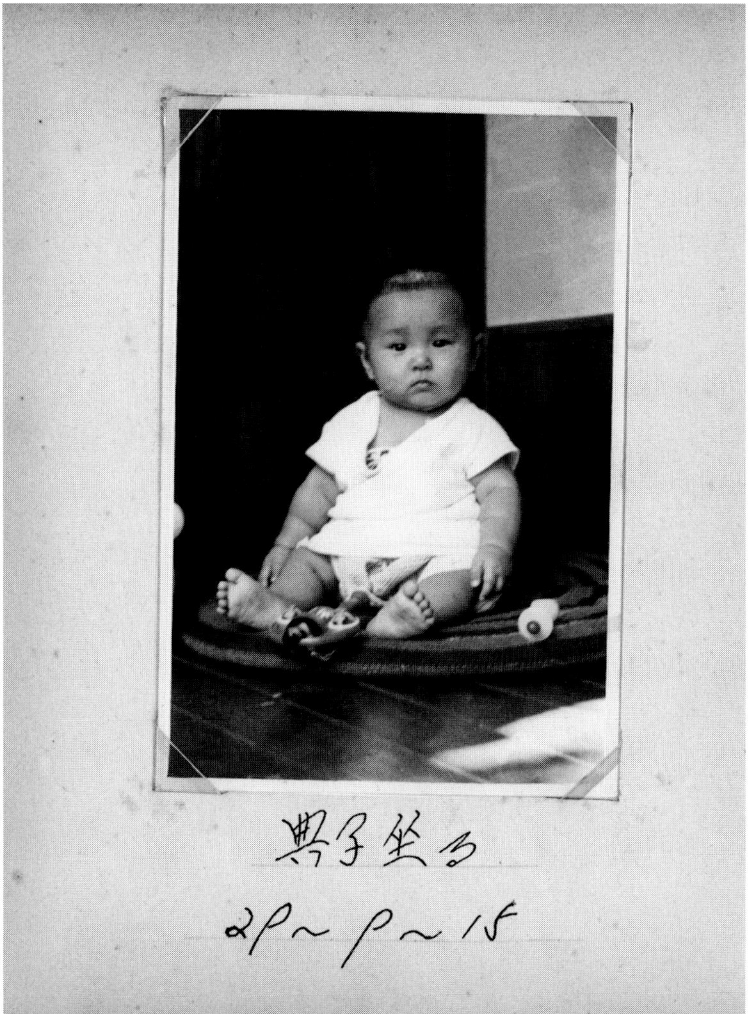

「ボーロ」はポルトガル語で「ケーキ」という意味だとか。「衛生ボーロ」は離乳食としても使われたようだ。大好きで、よく食べた。お蔭で太って男の子みたい！

典子は腰が安定して来た

乳母車に乗ってもビクともしない

散歩に買物に典子を乗せた

乳母車は町を走る！走る何処迄も

終着駅は吾が家である

典子はおとなしい。

最近の乳母車は持ち運びが便利な「折り畳み式」が主流だが、当時の乳母車はすっぽりと赤ん坊が入るタイプだった。電車には乗りにくいが、居心地は良さそうだ。

その頃。典子は這ふように
なつて来たが前進より後退だ。
でも典子はニッコリ笑つて！
たゆまずくりかへす姿が涙ぐましい。
そのポーズを見た者は凡てかわいい
と云ふだろう。定評である。

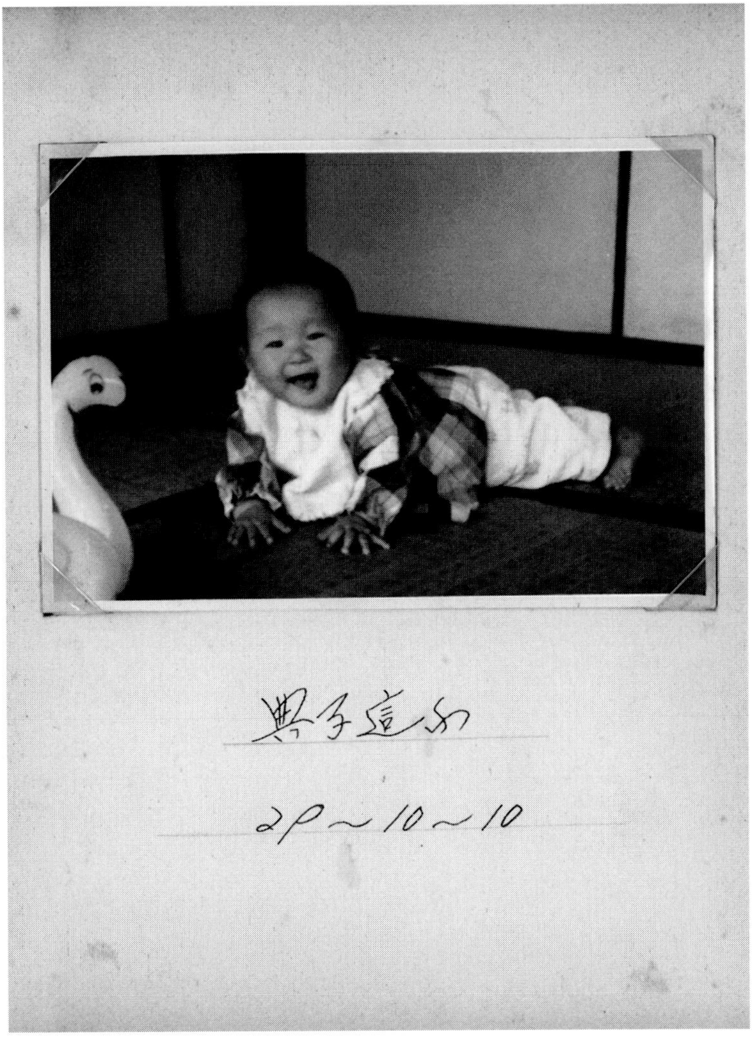

私は子育ての経験がないので分からないが、ハイハイの目安は９か月ごろらしい。私もハイハイができるようになった。でも「前進より後退」とか……。

典子の茶目化は近頃

やつと現はれて来たようだ。

車の中でそんなポーズを

するから面白い。

あの目えを御覧なさいよ！

それから紅葉の様な手を！

終りに足をよく見て下さい！

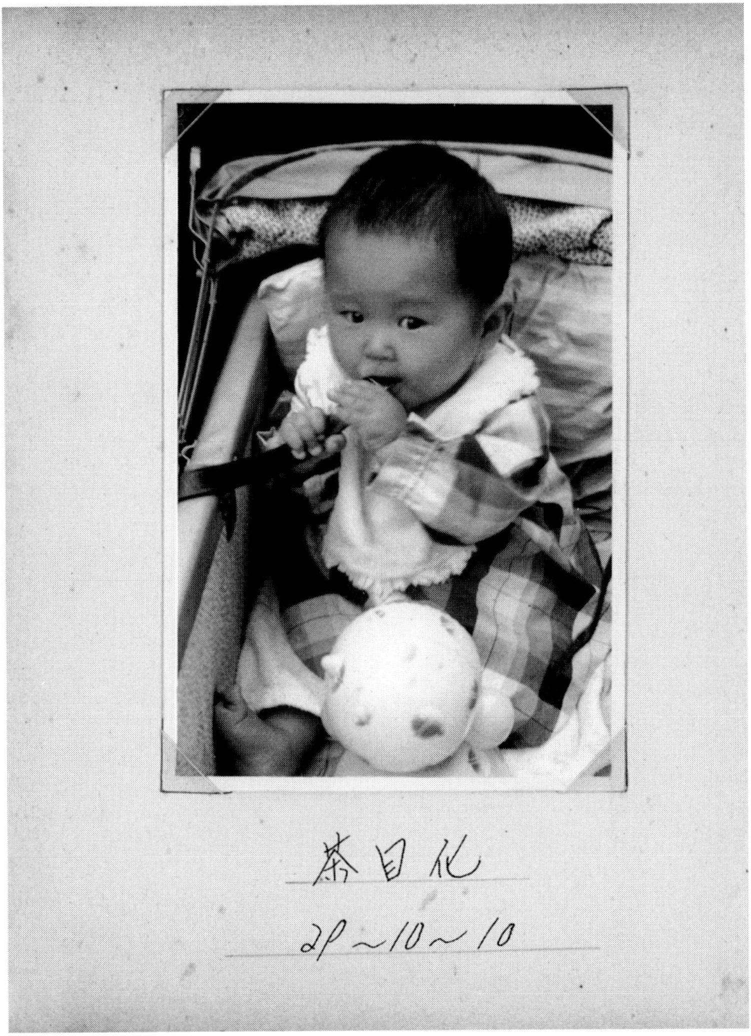

乳母車に付いてる皮のベルトの味がお気に入りだったようだ。
「目、手、足」と移る父の視点。よく見てくれていたんだね。
私も、カメラを構える父を見ていたのだろう。

「もういくつ寝るとお正月」
そんな歌が何処からともなく
聞えて来ました。門松も売り始
めたようです。今年もあと少しで終り！

この一年をふりかへってみますと、典子が
生れたことが重大ニュ～スです。
典子もすく〳〵と成長して、皆からかわい
がられたのですが11月の終りから12月に
わたって、クルップ性肺炎を病ひ続いて
消化不良に苦しめられ、すっかりやせてしまひ
ました。馬年から未年に移るので良い
お正月が迎へられます様、努力中です。

「クルップ性肺炎」は英語で croupous pneumonia で、肺葉全体に発生し症状は重いとのことである。肺炎や消化不良!!
子供を育てるって大変だなあ……。

典子の躍動

1955

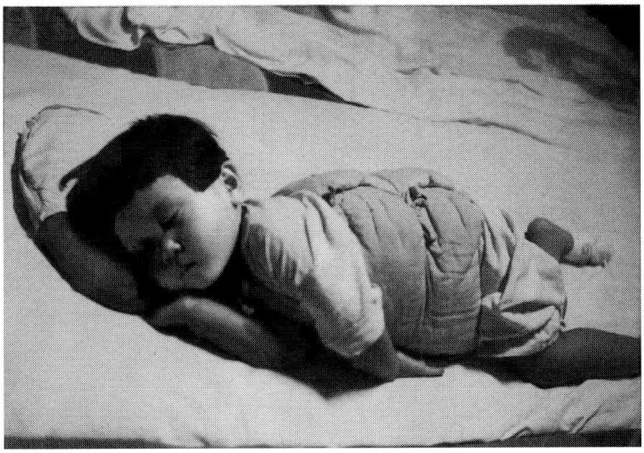

できごと―昭和30年(1955)

3月	糸川英夫、国分寺でペンシルロケットの水平発射実験を公開
5月	東京砂川町で立川基地拡張反対総決起大会、砂川闘争が始まる ヘレンケラー来日
7月	東京文京区に「後楽園ゆうえんち」、ジェットコースター登場 コメディアン、トニー谷の長男誘拐
8月	広島で、第一回原水爆禁止世界大会 森永ヒ素ミルク中毒、岡山県から厚生省（現厚生労働省）に報告
11月	日米原子力協定調印 自由民主党結成
12月	広島に平和祈念館完成

＊流行・・・三種の神器（白黒テレビ・洗濯機・冷蔵庫)、トランジスタラジオ、ポニーテール

第１回原水爆禁止世界大会

羽田に降りたヘレン・ケラー女史

1955年

典子の躍動

（2）

皆さん

明けましておめでたうござい！
外では、羽根をついたり、たこを
あげたり元気な私達の仲間が
遊んでゐます。よい正月をはじめて
知ったのです。男子もやっと白い歯が
二本出て来て、くつんでかじるようになりま
したから安心して下さい。ねずみのように！
今年は皆さんが最良の年であるよう
心からお祈りいたしてをります。
このポーズ、ちょっと女レスラーのように見へますか？ちょっと悲しい。

当時、お正月に外に出ると、凧揚げや羽根つきをして遊んでいる子供たちがいた。初めてのお正月を迎え、元気な私。それにしても「女レスラー」とは悲しい！

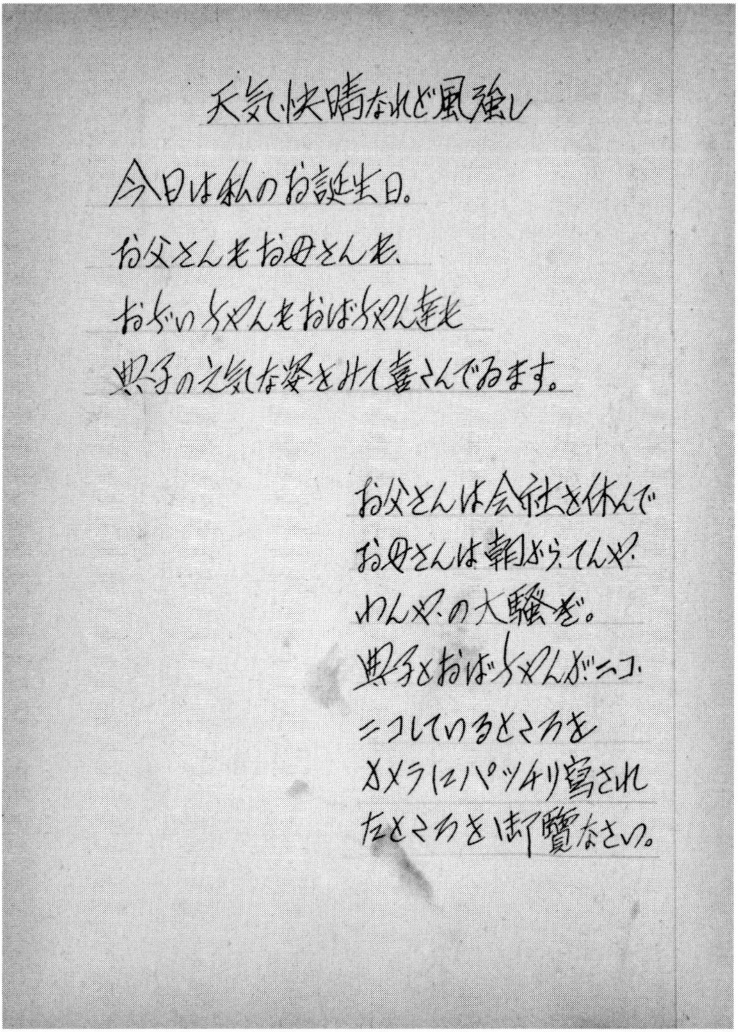
天気快晴なれど風強し

今日は私のお誕生日。
お父さんもお母さんも、
おぢいちゃんもおばあちゃん達も
典子の元気な姿をみて喜んでゐます。

お父さんは会社を休んで
お母さんは朝からてんや
わんやの大騒ぎ。
典子とおばあちゃんがニコ
ニコしているところを
カメラにパッチリ写され
たところを御覧なさい。

父は真面目なサラリーマンで、守衛さんよりも早く出社すると自慢していた。その父が、「会社を休んで」私の１歳の誕生日を祝ってくれたとは……。

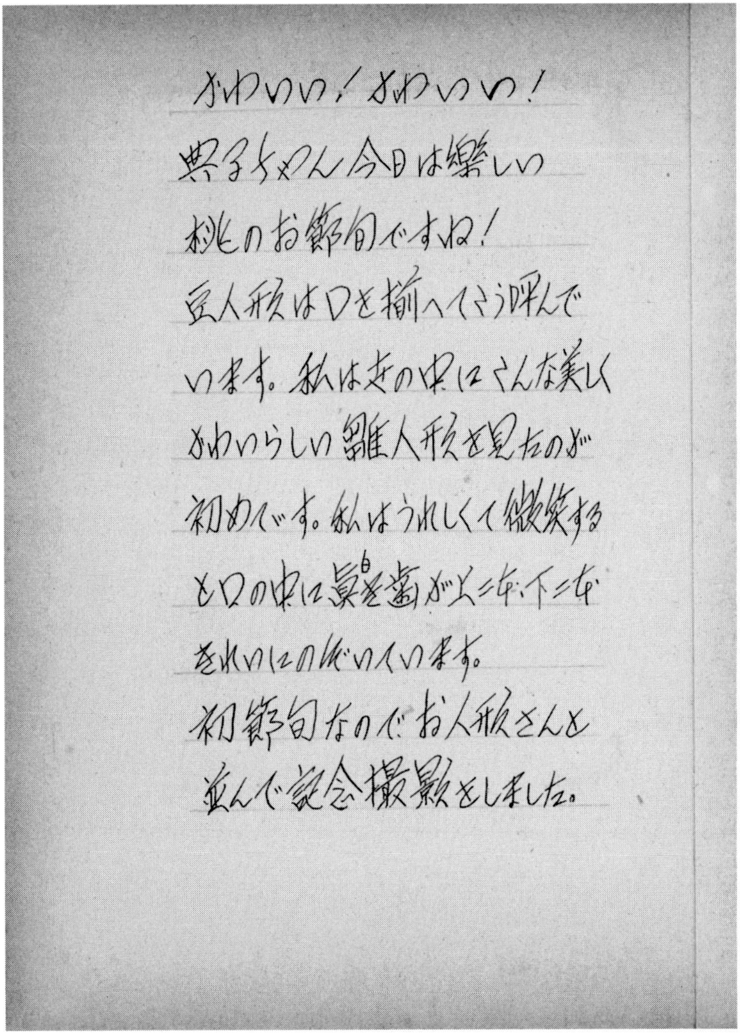
かわいい！かわいい！
典子ちゃん今日は楽しい
桃のお節句ですね！
豆人形は口を揃へてさう呼んで
います。私は世の中にこんな美しく
かわいらしい雛人形を見たのが
初めてです。私はうれしくて微笑する
と口の中に真白な歯が上に二本、下に二本
きれいにのぞいています。
初節句なのでお人形さんと
並んで記念撮影をしました。

60年後の今も飾っているお雛様。父母は亡くなり、私は61歳になった。お雛様を飾りながら、この時の父母の気持ちを想像する。また来年も飾れますように……。

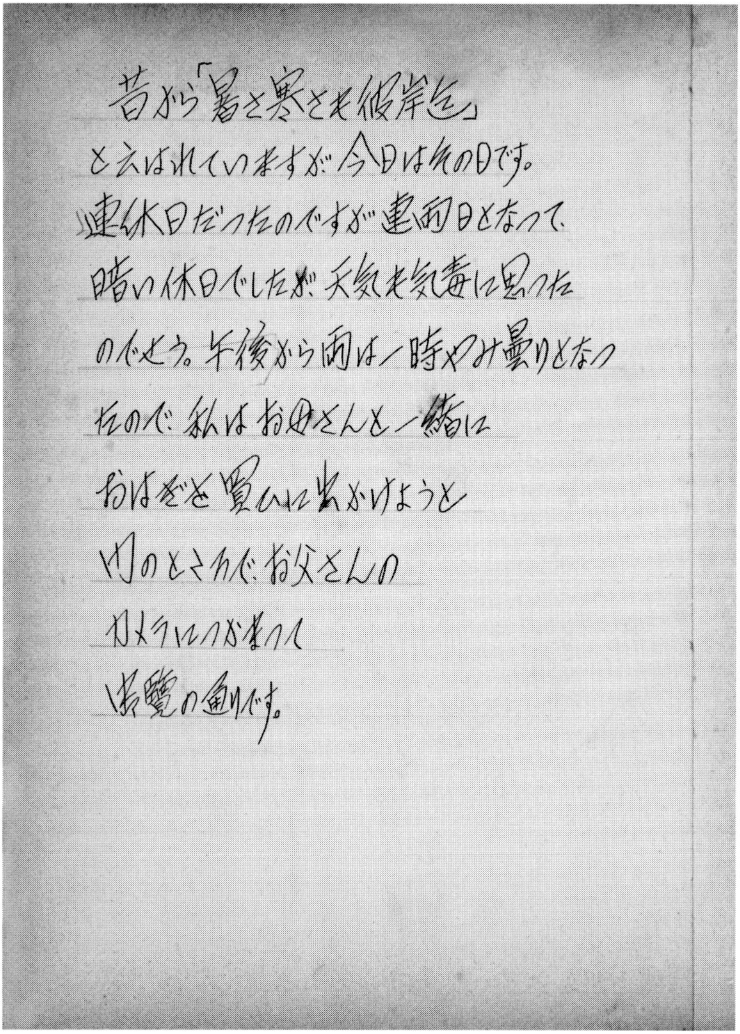
昔から「暑さ寒さも彼岸迄」
と云はれていますが今日はその日です。
連休日だったのですが連雨日となって
暗い休日でしたが天気も気毒に思った
のでせう。午後から雨は一時やみ曇りとなっ
たので私はお母さんと一緒に
おはぎを買ひに出かけようと
門のところでお父さんの
カメラにつかまって
御覧の通りです。

その後、スーパーの進出で地元の商店が次々に閉店し、さらにスーパー撤退ですっかり不便になってしまった。でも、母がおはぎを買っていた和洋菓子の「はるき」は、今も健在である。

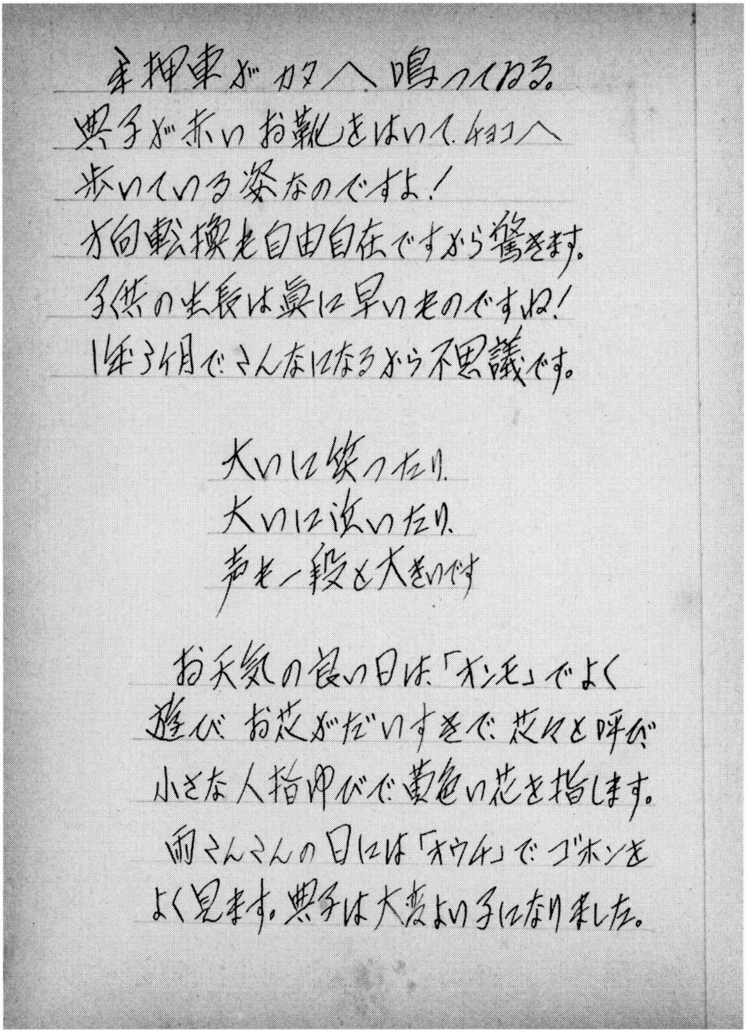

手押車がカタ〳〵鳴ってる。
典子が赤いお靴をはいてチョコ〳〵
歩いている姿なのですよ！
方向転換も自由自在ですから驚きます。
子供の成長は真に早いものですね！
1年3ヶ月でこんなになるから不思議です。

大いに笑ったり、
大いに泣いたり、
声も一段と大きいです

お天気の良い日は「オンモ」でよく
遊び、お花がだいすきで、花々と呼び、
小さな人指ゆびで、黄色い花を指します。
雨さんさんの日には「オウチ」で、ゴホンを
よく見ます。典子は大変よい子になりました。

1歳を過ぎると歩き始める子も多いらしい。私はその頃でもまだ歩くことができず、心配したということだ。手押車のカタカタを押すことができた時、みんな喜んだという。

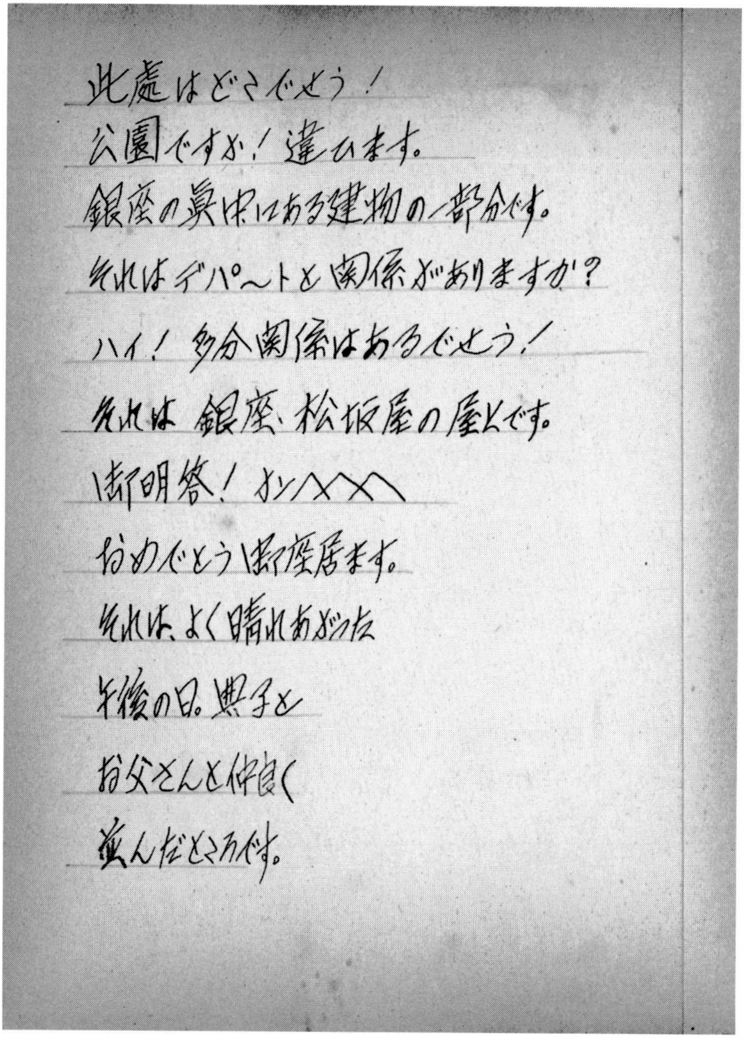
此處はどこでせう！
公園ですか！違ひます。
銀座の眞中にある建物の一部分です。
それはデパートと関係がありますか？
ハイ！多分関係はあるでせう！
それは銀座、松坂屋の屋上です。
御明答！オン
おめでとう御座居ます。
それは、よく晴れあがった
午後の日。典子と
お父さんと仲良く
遊んだところです。

デパートの屋上は遊園地になっており、家族のお出かけ先の定番だった。松坂屋に勤務していた祖父と同じく、父は百貨店で働きたかったが、戦争で断念したという。現在、銀座松坂屋はなくなり、2016年には跡地に複合ビルが建つらしい。

銀座のどまん中ですって！

ハテ それはどこでせう？

小くびをかしげて考、ちよっとやすっとでは

解りませんよ！ デパートの屋上でないことも

たしかですよ！ さー、こまった。解らない。

ベンチが一台ありますね！

待合室か？ 休息所のたぐいですか

まあ、そんなたぐいでせう！

アッ！ 解った。解った。

それは新橋のたもとにある

今流行の遊覧船の

待合室でせう。

典子はお母さんと、おとなしく待っています。

青空から太陽がキラ〳〵と照りつけていました。

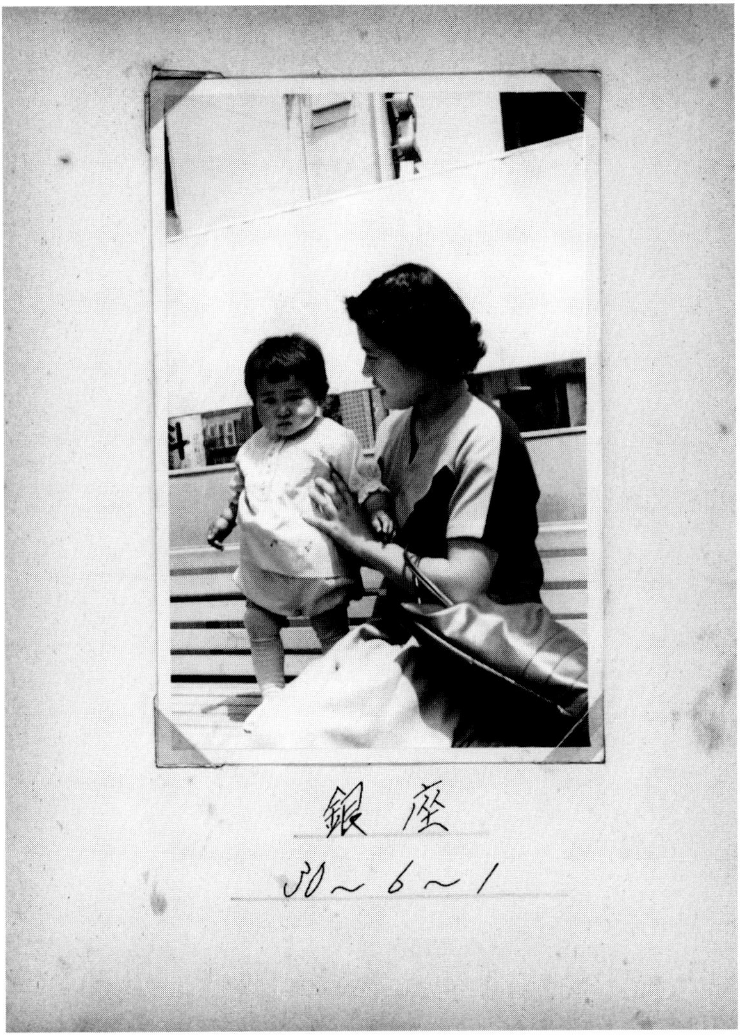

天気の良い６月の日、「今流行の遊覧船」から家族で水の煌めきを眺めたのだろう。今も、新橋、汐留、品川などでは遊覧船による観光が人気のようだ。

典子の三姿

其の１

典子は遂に歩るくようになりました。
四月以来手押車で、うまず・たゆまず歩る
くことに努力したことが実を結んだのでしょう。
お父さんもお母さんも、皆んな大喜びです。
典子もなんだか涙がでそうな程
うれしいのよ！ それは
もしも６月１杯で

歩かなければ典子はお医者へ
行かなければならないからです。
もう典子は大丈夫！ 白いサンダルはいて町を歩きます。

歩かないのでお医者さんに相談しようかと話していた矢先、手押車のカタカタによる練習が実を結び、「遂に」歩けるようになった私。ご心配をおかけしました。

典子の三姿

其の2

典子は歩るいたり、しゃがんだり、自由に
姿を変化させることを覚へました。
キャメラの前では、スッカリ馴れっ子に
なってしまったのです。
今お父さんから写真の様な
ポーズを教はったので
名演技を試みているところ
なのです。
これは道の真中で尻餅を
ついてしまった直後に起った動作なのです。
題して「お手てばっちいの」といったところです。

近所の道路はまだ舗装されていなくて、転ぶと手に砂利が付いた。擦りむくと「赤チン」をつけてもらった。歩いたり、転んだり、それを見守ってくれた家族。

典子の三姿

其の3

典子は「茶目だよ」とよく云はれます。
それを上品に云ふと愛嬌と申します。
昔からの言葉に「男は度胸、女は愛嬌」と
云つてゐるので、今目下その方面の
教育をやらされているのですが、それが
度を越すと、御覧の通りのポーズが
出来上つて、皆は大笑をします。
大人は罪のない者ですね！典子の
茶目化を、こんなに喜こんで下さいます。

板塀や竹垣など、自然素材を使った家が多かった。道の両脇には溝《どぶ》があり、春にはその淵にハコベが芽を出した。ガマガエルがゆっくりと庭を横切ることもあった。

陽性梅雨とか異変梅雨とか云って、
世の中を騒した梅雨も、どうやら終った
ようですね！
連日高温が続くなかで本年最高32.8度と
記録された日にお母さん達とデパ〜トへ買物？
いや！私は散歩といった方が無事かもしれません。
浅草のおば様の家に寄ってから松坂屋に
行ってみました。大入満員の盛況
典子は目をまるくして驚きました。
典子は人の沢山集まる処は未だ
まりのような気がします。
それは、あきちゃって泣出しました。
お母さん達はすっかりのぼせてしまひ、
永藤でソフトクリームを私はフルッ・ポンチを
お土産は玉子パンを買ひました。

「本年最高 32.8 度」とは！　地球はやはり温暖化しているようだ。日本の平均気温は、100 年あたりおよそ 1.1℃の割合で上昇しているということだ。

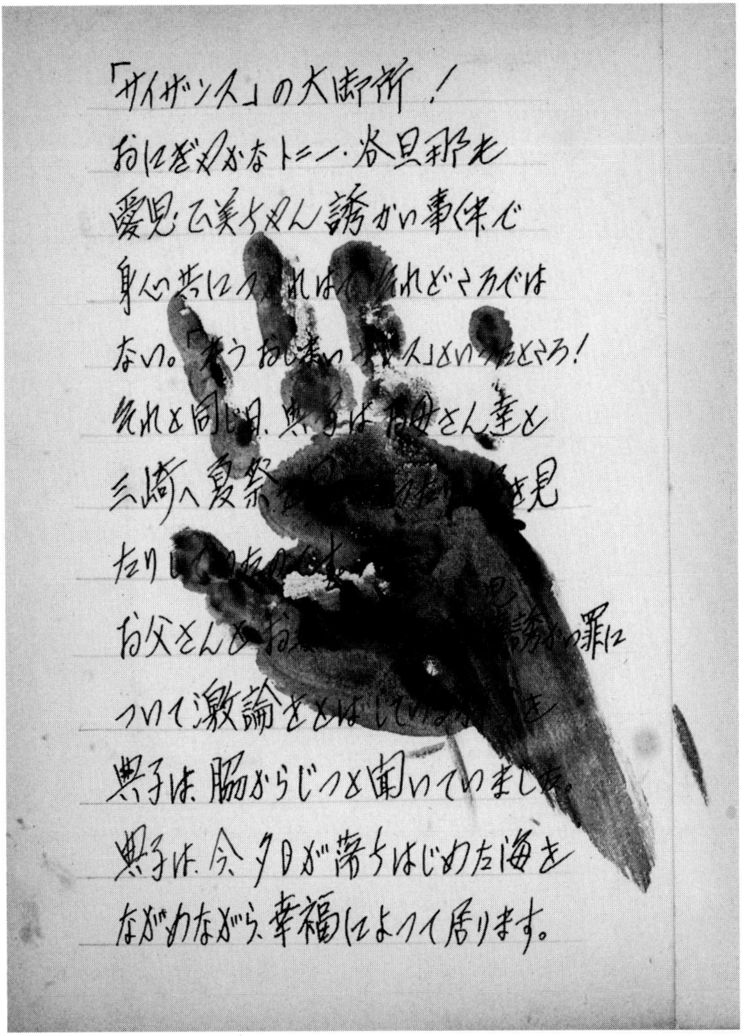
「サイザンス」の大御所！
おにぎやかなトニー・谷旦那も
愛児正美ちゃん誘かい事件で
身心共につ　れは　れどころでは
ない。「もうおしま　　ス」という　ところ！
それと同じ日、典子は　母さん達と
三崎へ夏祭を　　　　見
たりして
お父さんと　お　　　誘かい罪に
ついて激論をとばしている　を
典子は脇からじっと聞いていました。
典子は今夕日が落ちはじめた海を
ながめながら幸福によって居ります。

私の小さな手形で見にくいが、7月9日に起きたトニー谷愛児誘拐事件の記述がある。子供を持った父には他人事《ひとごと》ではなく、「激論」をとばしたようだ。

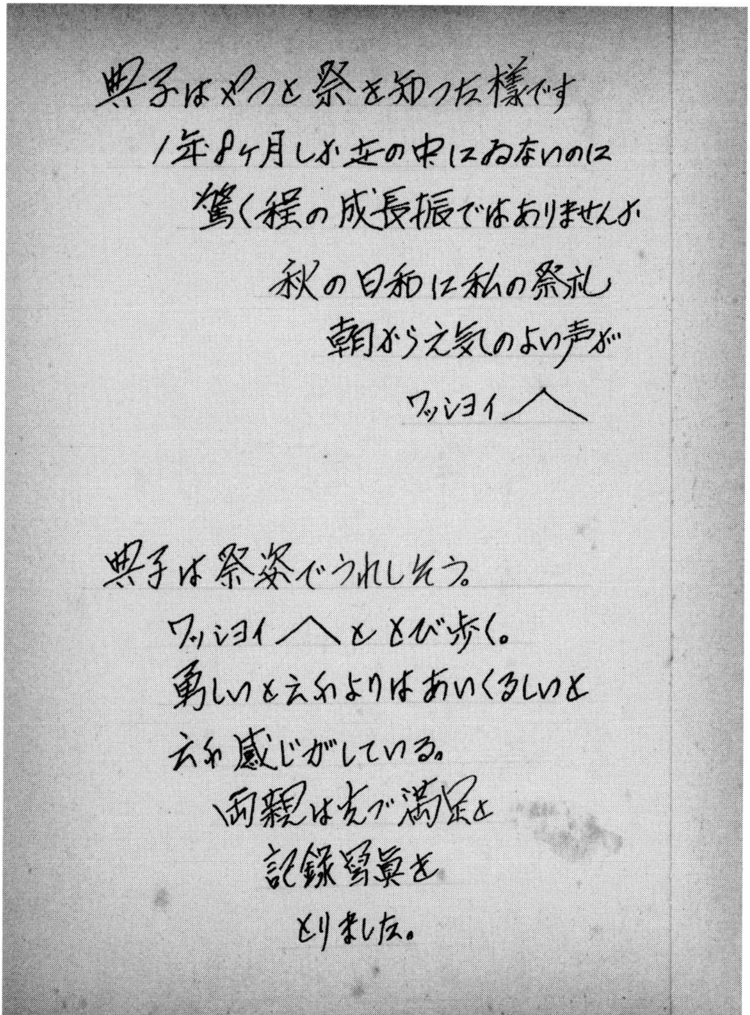
典子はやっと祭を知った様です
1年8ヶ月しか世の中にいないのに
驚く程の成長振ではありませんか
秋の日和は私の祭礼
朝から元気のよい声が
ワッショイ〳〵

典子は祭姿でうれしそう。
ワッショイ〳〵ととび歩く。
勇しいと云ふよりはあいくるしいと
云ふ感じがしている。
両親はまづ満足と
記録写真を
とりました。

お祭りではいつも法被《はっぴ》を着せられていた。親はこの姿に「満足」していたようだ。でも、私は女の子たちが着ている綺麗な浴衣を見て、自分も着てみたいと感じていたのを覚えている。

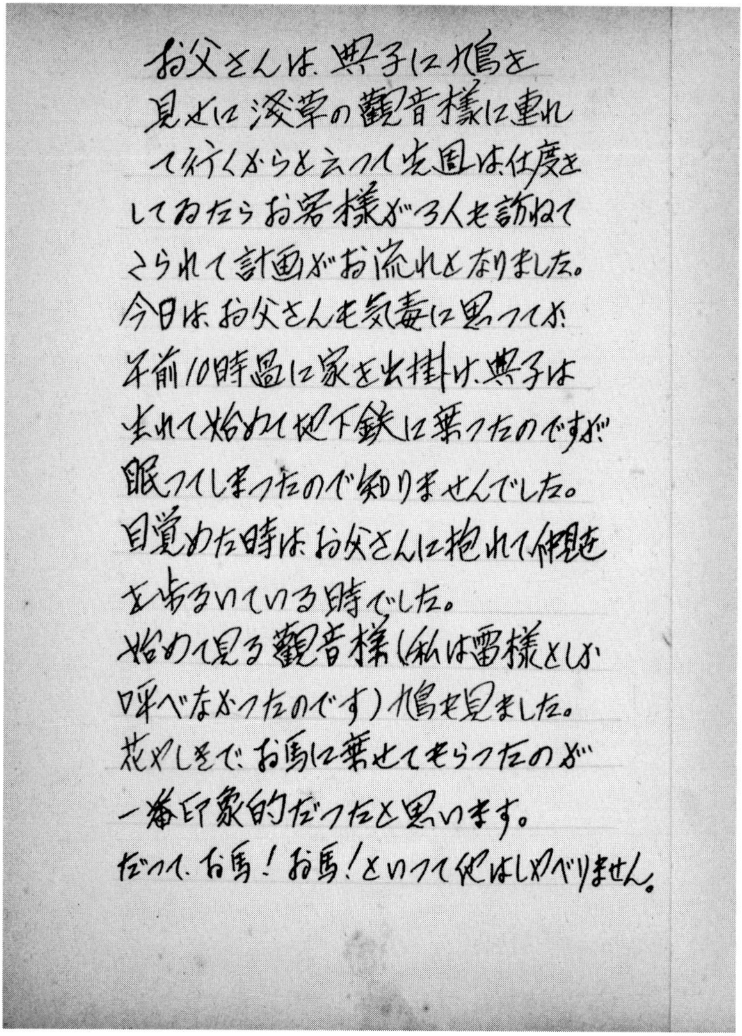
お父さんは、典子に鳩を
見せに浅草の観音様に連れ
て行くからと云って先週は仕度を
してゐたらお客様が3人も訪ねて
こられて計画がお流れとなりました。
今日は、お父さんも気毒に思ってか
午前10時過に家を出掛け、典子は
生れて始めて地下鉄に乗ったのですが
眠ってしまったので知りませんでした。
目覚めた時はお父さんに抱かれて仲見世
を歩るいている時でした。
始めて見る観音様(私は雷様としか
呼べなかったのです)鳩を見ました。
花やしきで、お馬に乗せてもらったのが
一番印象的だったと思います。
だって、お馬!お馬!といって他はしゃべりません。

「花やしき」は嘉永6年（1853）に開園し、一度取り壊されたが、昭和22年（1947）に復活。「木馬体験」以来、私はしばらくの間「馬を飼って」とせがんでいたらしい。

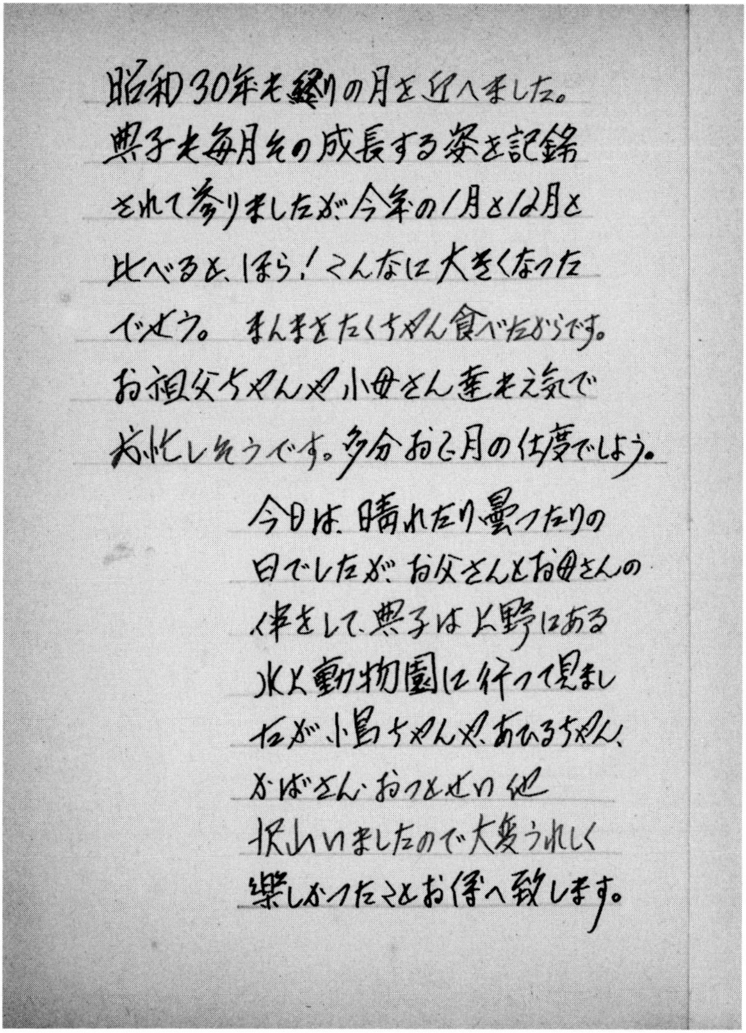
昭和30年も終りの月を迎へました。
典子も毎月々の成長する姿を記録
されて参りましたが、今年の1月と12月と
比べると、ほら！こんなに大きくなった
でせう。まんまをたくちゃん食べたからです。
お祖父ちゃんや小母さん達も元気で
お忙しそうです。多分お正月の仕度でしょう。
今日は、晴れたり曇ったりの
日でしたが、お父さんとお母さんの
伴をして、典子は上野にある
水上動物園に行って見まし
たが、小鳥ちゃんや、あひるちゃん、
かばさん、おっとせい他
沢山いましたので大変うれしく
楽しかったこともお傳へ致します。

1945年3月10日の東京大空襲で焼けだされるまで、父は本郷に住んでいたので上野も馴染みの場所だったようだ。初めての動物たち……。どう見えていたのかな。

典子の成長

1956

できごと—昭和31年(1956)

2月	黒部ダム工事現場で雪崩、死者21人
3月	日本住宅公団、初の入居者募集
5月	水俣保健所「原因不明の奇病」(水俣病)を公表 売春防止法公布
7月	気象庁発足 経済白書発表、「もはや戦後ではない」が流行
10月	日ソ国交回復共同宣言
11月	第16回オリンピック・メルボルン大会、「体操ニッポン」活躍
12月	国際連合に加盟 最後の引き揚げ船「興安丸」、舞鶴に入港

*流行・・・神武景気、『週刊新潮』創刊、石原裕次郎『太陽の季節』(日活映画)
人気漫画ベストスリー:「サザエさん」「イガグリ君」「轟《とどろき》先生」

大活躍の男子体操チーム

日本国連加盟　喜びの佐藤日本国連協会会長

1956年

典子の成長

（3）

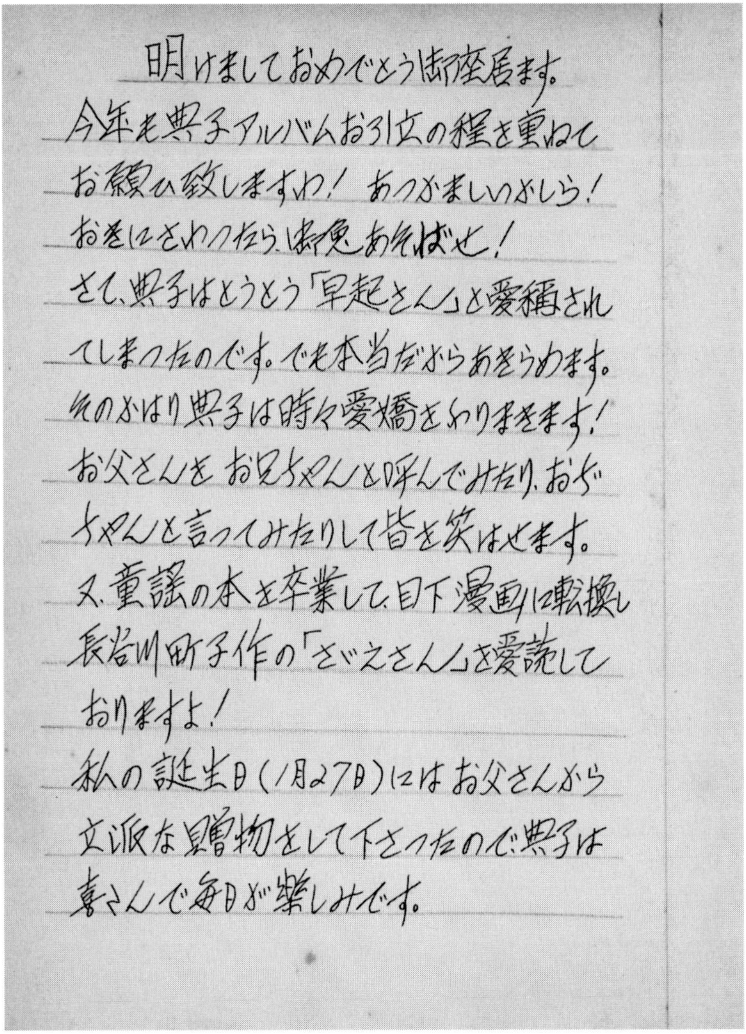

明けましておめでとう御座居ます。
今年も典子アルバムお引立の程を重ねて
お願ひ致しますわ！あつかましいかしら！
お気にさわったら御免あそばせ！
さて、典子はとうとう「早起さん」と愛称され
てしまったのです。でも本当だからあきらめます。
そのかはり典子は時々愛嬌をふりまきます！
お父さんをお兄ちゃんと呼んでみたり、おぢ
ちゃんと言ってみたりして皆を笑はせます。
又、童謡の本を卒業して、目下漫画に転換し
長谷川町子作の「さざえさん」を愛読して
おりますよ！
私の誕生日（1月27日）にはお父さんから
立派な贈物をして下さったので典子は
喜んで毎日が楽しみです。

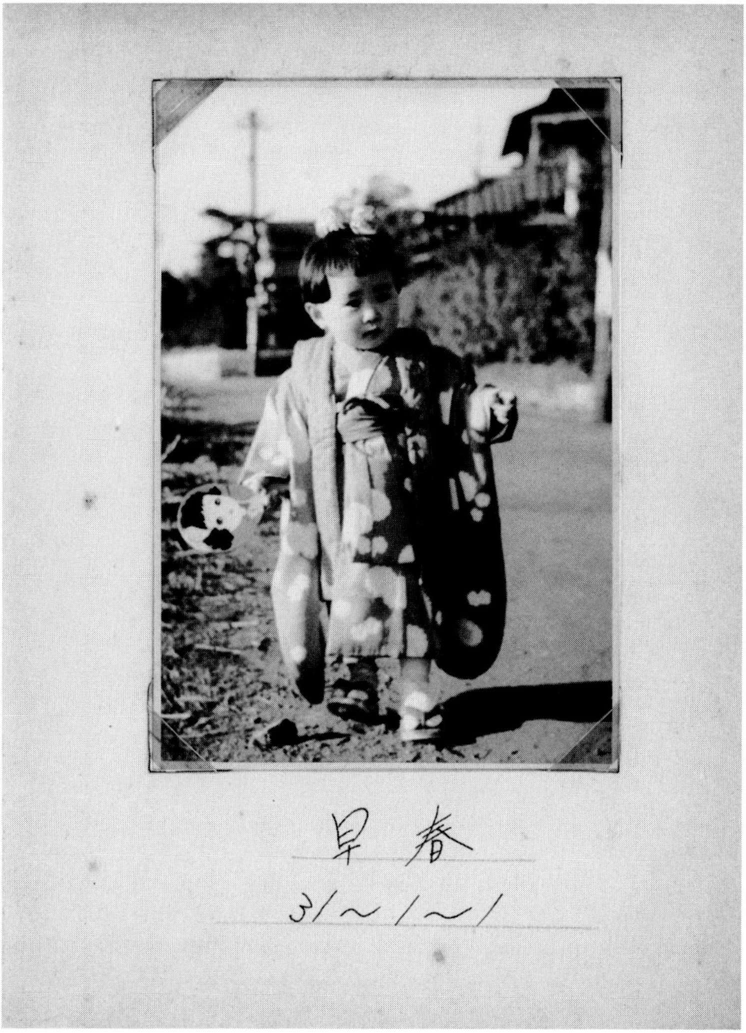

「お父さん」を「お兄ちゃん」というなど、まだ言葉がうまく使えなかったようだ。それでも当時の人気漫画のひとつ、長谷川町子の『サザエさん』を愛読！

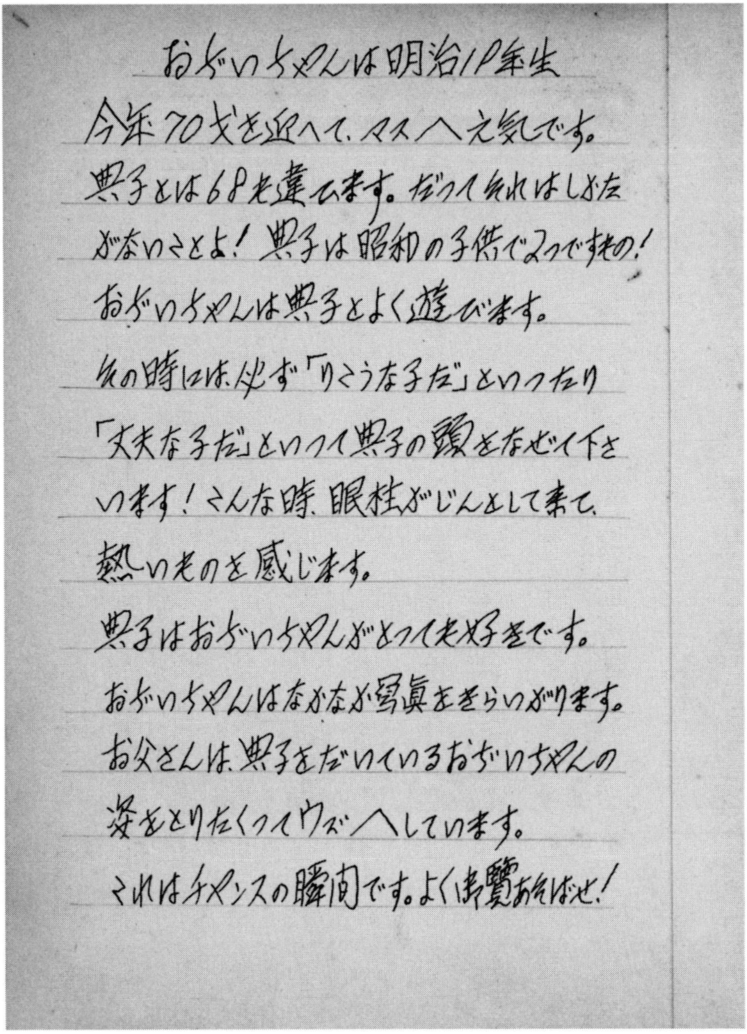

おぢいちゃんは明治19年生

今年70才を迎へて、マス〳〵元気です。
典子とは68才違ひます。だつてそれはしかた
がないことよ！典子は昭和の子供でムつですもの！
おぢいちゃんは典子とよく遊びます。
その時には必ず「りこうな子だ」といつたり
「丈夫な子だ」といつて典子の頭をなぜて下さ
います！そんな時、眼柱がじんとして来て、
熱いものを感じます。
典子はおぢいちゃんがとつても好きです。
おぢいちゃんはなかなか写真をきらいがります。
お父さんは、典子をだいているおぢいちゃんの
姿をとりたくつてウズ〳〵しています。
これはチャンスの瞬間です。よく御覧あそばせ！

「目頭がじんと」しているのは父だろう。写真嫌いのおじいちゃんとのツーショット。子供の頃、かくれんぼなどでも役立った庭の灯篭は、2011年3月11日の地震で上半分が落ち、今では台になっている。

今日は一日中よいお天気に恵まれました。
永い間冬眠を続けていた私達は急に
開放されて、行楽日和といった日でした。
夕刊には、ざっと3万の人出だと云う上野へ
お父さんとお母さんに連れられて動物園に
出掛けました。
今年は典子も動物の名前を絵本で知っ
たのでとっても面白かったのよ！社会科の勉強
水上動物園では永藤のパンをアヒルさんに
やると大きなお口をあけてたべるかっこうがよか
ったわよ！あまり夢中でやったので典子の分が
なくなったので、お父さんの分をもらいました。
そこをお母さんはカメラで撮してしまったのよ！
お山の動物園にも寄って見物をしました。

上野広小路にあった「永藤パン店」。甘食、玉子パン、シベリアなど、子どもの頃の思い出の味だ。残念ながら、「永藤」は2001年に閉店したとのこと。

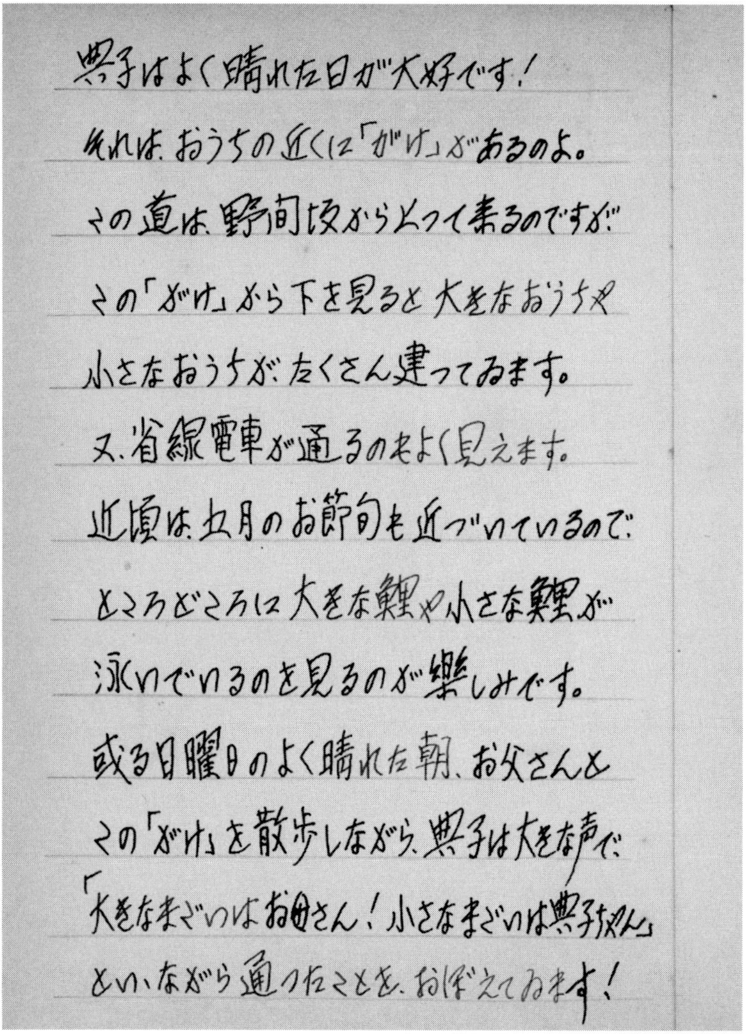

典子はよく晴れた日が大好です！
それは、おうちの近くに「がけ」があるのよ。
その道は、野間坂から上って来るのですが
その「がけ」から下を見ると大きなおうちや
小さなおうちがたくさん建ってゐます。
又、省線電車が通るのもよく見えます。
近頃は五月のお節句も近づいているので
ところどころに大きな鯉や小さな鯉が
泳いでいるのを見るのが楽しみです。
或る日曜日のよく晴れた朝、お父さんと
その「がけ」を散歩しながら、典子は大きな声で
「大きなまごいはお母さん！小さなまごいは典子ちゃん」
といいながら通ったことを、おぼえてゐます！

近くに大谷石の塀があり、よく触って歩いた。その柔らかい風合いを今も覚えている。「省線電車」は戦前の鉄道省時代の呼び方だが、まだ使う人も多かった。

今日は楽しい子供会です。
典子は昨年から三崎の明子ちゃんや節子ちゃんの踊をみに行くことにしています。
今年は第一生命ホールで島田舞踊研究会があると云ふお知らせを聞いて大変に喜びました。その日はゴールデン・ウィークの初日です。
お天気にも恵まれたので お父さんとお母さんとにお手々をつないで元気に会場へ行きました。
初めは珍らしかったので おとなしく見ていましたが 典子はそのうちにあきちゃって ぐづりだしてしまいました。典子にはまだ無理かしら!
お母さんと喫茶室でソフト・クリームを食べたら気分が転換しました。御免なさいね!

1925年に島田豊が「島田舞踏研究所」を設立。子供のためのモダンバレー教室が開かれた。従姉妹がそのバレー教室に通っており、この日は発表会だった。ちょっとおめかしした私。

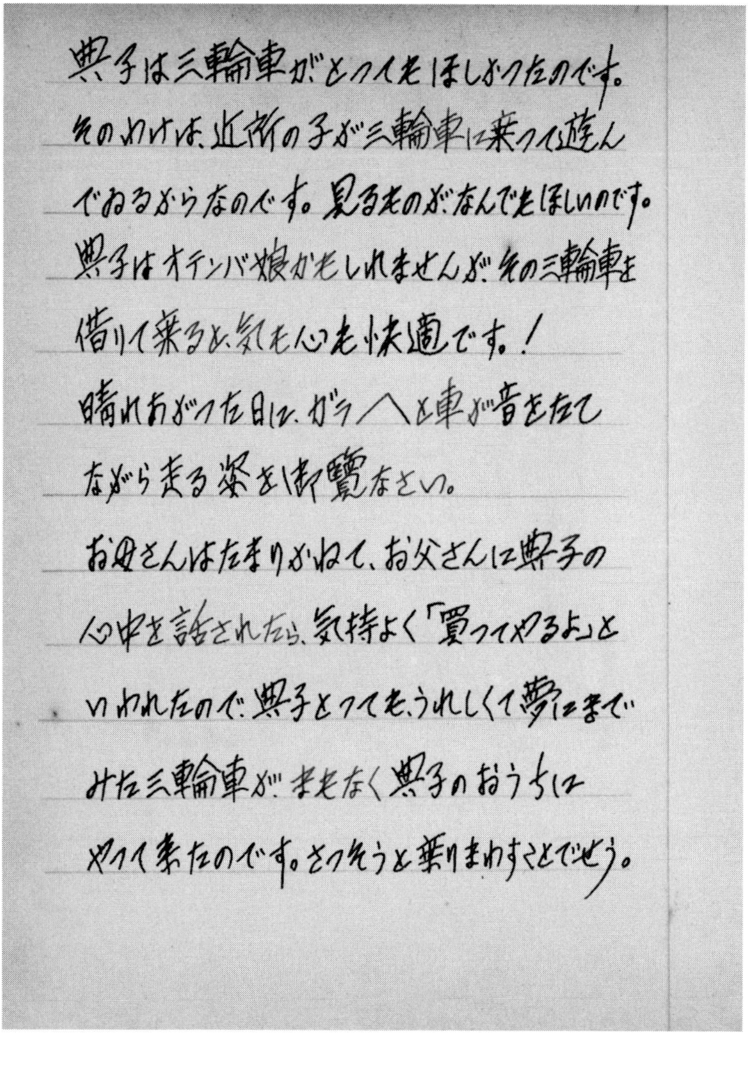
典子は三輪車がとってもほしかったのです。
そのわけは、近所の子が三輪車に乗って遊ん
でゐるからなのです。見るものがなんでもほしいのです。
典子はオテンバ娘かもしれませんが、その三輪車を
借りて来ると気も心も快適です！
晴れあがった日に、ガラ〳〵と車が音をたて
ながら走る姿を御覧なさい。
お母さんはたまりかねて、お父さんに典子の
心中を話されたら、気持よく「買ってやるよ」と
いわれたので、典子とってもうれしくて夢にまで
みた三輪車が、まもなく典子のおうちに
やって来たのです。さっそうと乗りまわすことでせう。

乳母車を卒業した私は、三輪車がお気に入りだったようだ。しばらくは近所の子のを借りていたが、ようやく買ってもらえた。まだ後ろに舵取りの棒がついている。

この寫眞をごらんになつてゐると
典子より、あなたの方が笑い出したくなりませんか？
6月11日から入梅で、毎日ハツキリしない
天気が続いて居りますが、典子は、とても
元気に、泣いたり、笑つたりして居ります。
そのわけは、近頃「森永ヨーグルト」を
愛用して健康には充分きをつけている
からでせう。
天気も四月の終りから五月一杯雨天の日が
多かつたので「今年は空入梅かな」と
大人達の話を耳にしますが、典子は雨が
降れば、レンコートをもつていますから、外へ
出ても安心です。　門の前にて

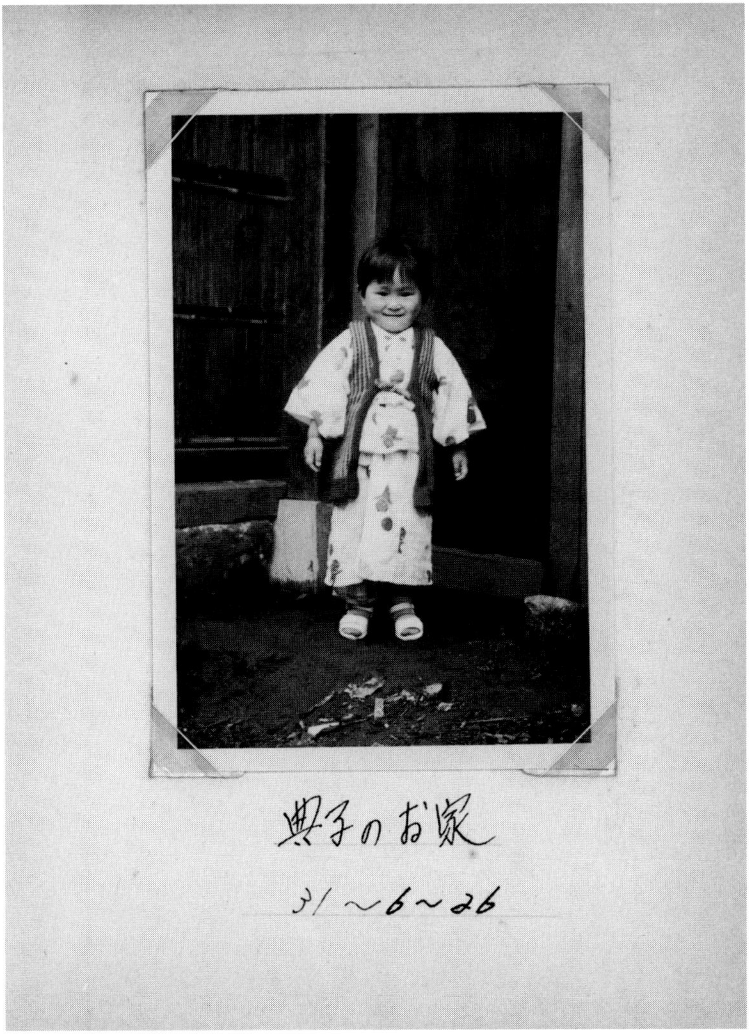

前年、西日本を中心に「森永ヒ素ミルク事件」が起き、大きな社会問題となったはずだが、森永製品ボイコット運動は東京には影響を与えなかったのだろうか。

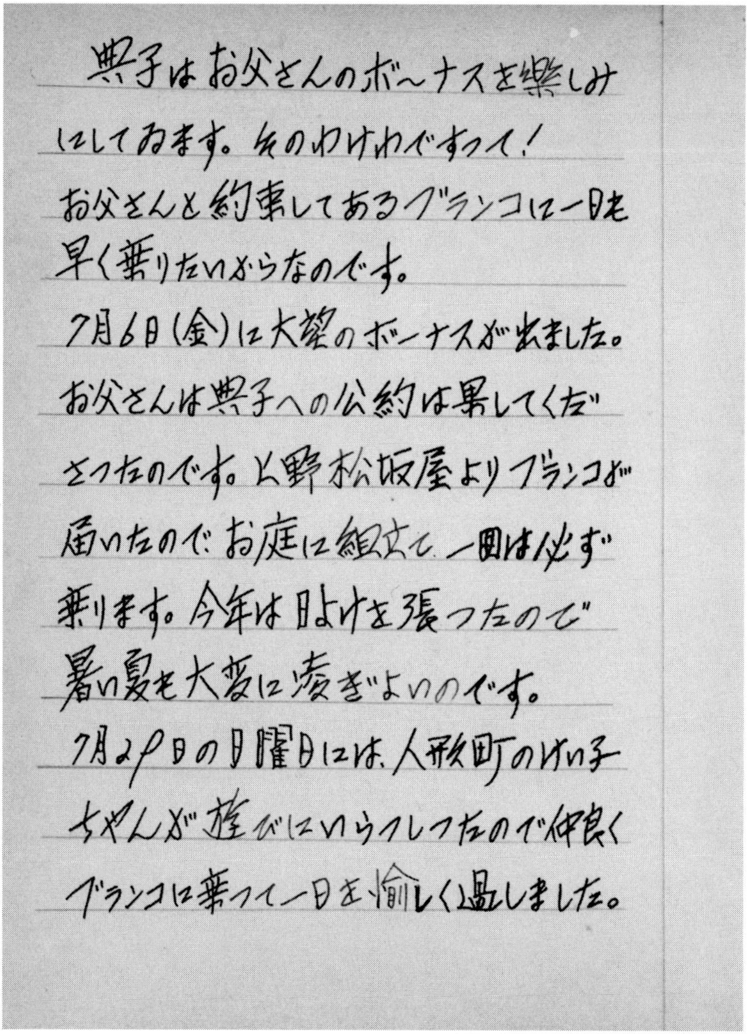
典子はお父さんのボーナスを楽しみにしてゐます。そのわけわですって！
お父さんと約束してあるブランコに一日も早く乗りたいからなのです。
7月6日（金）に大望のボーナスが出ました。お父さんは典子への公約は果してくださったのです。上野松坂屋よりブランコが届いたのでお庭に組立て一回は必ず乗ります。今年は日よけを張ったので暑い夏も大変に凌ぎよいのです。
7月29日の日曜日には人形町のけい子ちゃんが遊びにいらっしったので仲良くブランコに乗って一日を愉しく過しました。

給与は振り込みではなく現金で支給されるのが一般的だった。ボーナスが出ると、父がいくつかの封筒に仕分けし、母がうやうやしく受け取っていたのを覚えている。

典子は7月10日より1週間、
三崎へお母さんと行きました。
ちょうど夏祭で大変夜るは賑やかでした。
節子ちゃんにも明子ちゃんにもお会い出来て
大変に嬉しかったのですが三日間であき
てしまって「典子のおうちへ帰りたい!帰りたい」
と云って1週間の予定が番狂せとなってしまいました。

8月に入ってから猛暑がやって来て
35度以上と云う高温に燧子さんの
お父さんは76才の高齢で7月16日
他界されてしまいました。
今日は両親と燧さんを訪ねて
お参りをしました。

母の実家の三崎にある海南神社のお祭りを見た。「エーヤ、ヨーヤレー」という掛け声で漁師たちが担ぐ神輿は荒々しかった。二階から覗くと、「神様を見下ろした」と怒って乱入してくるよと注意された。

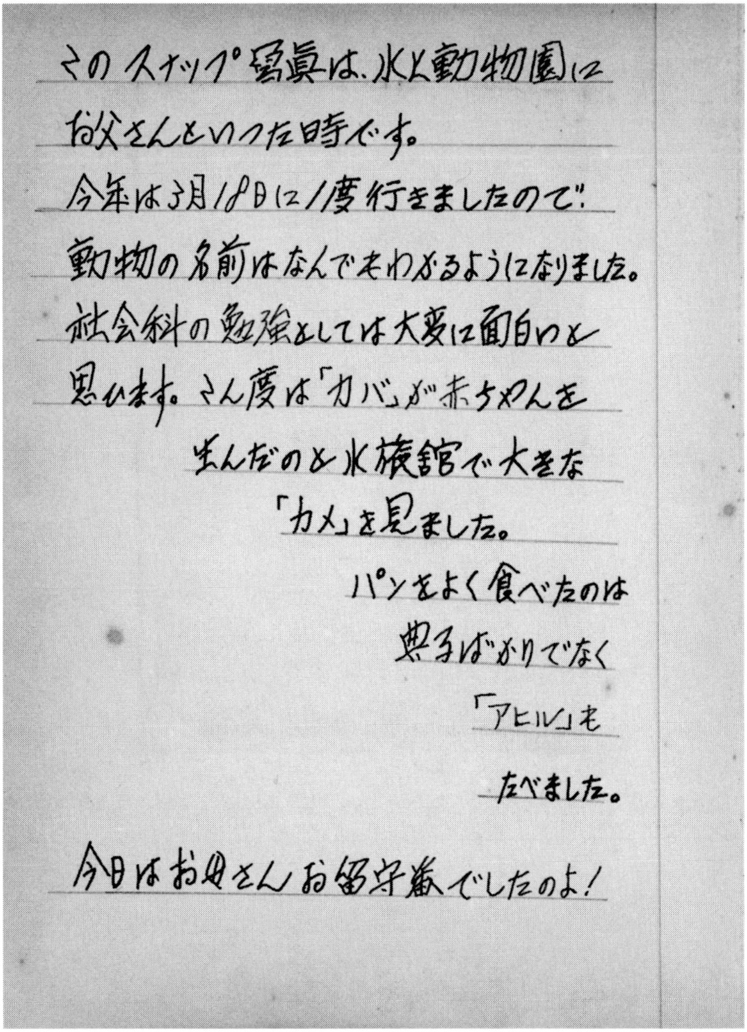

このスナップ写真は、水上動物園に
お父さんといった時です。
今年は3月18日に1度行きましたので
動物の名前はなんでもわかるようになりました。
社会科の勉強としては大変に面白いと
思います。こん度は「カバ」が赤ちゃんを
生んだのと水族館で大きな
「カメ」を見ました。
パンをよく食べたのは
典子ばかりでなく
「アヒル」も
たべました。

今日はお母さんお留守番でしたのよ！

翌年には上野動物園本園から水上動物園にモノレールが開通する。日本で実用化された第一号だそうだ。20 年ほど後、私は結婚し、近くの池之端に 32 年間住んでいた。

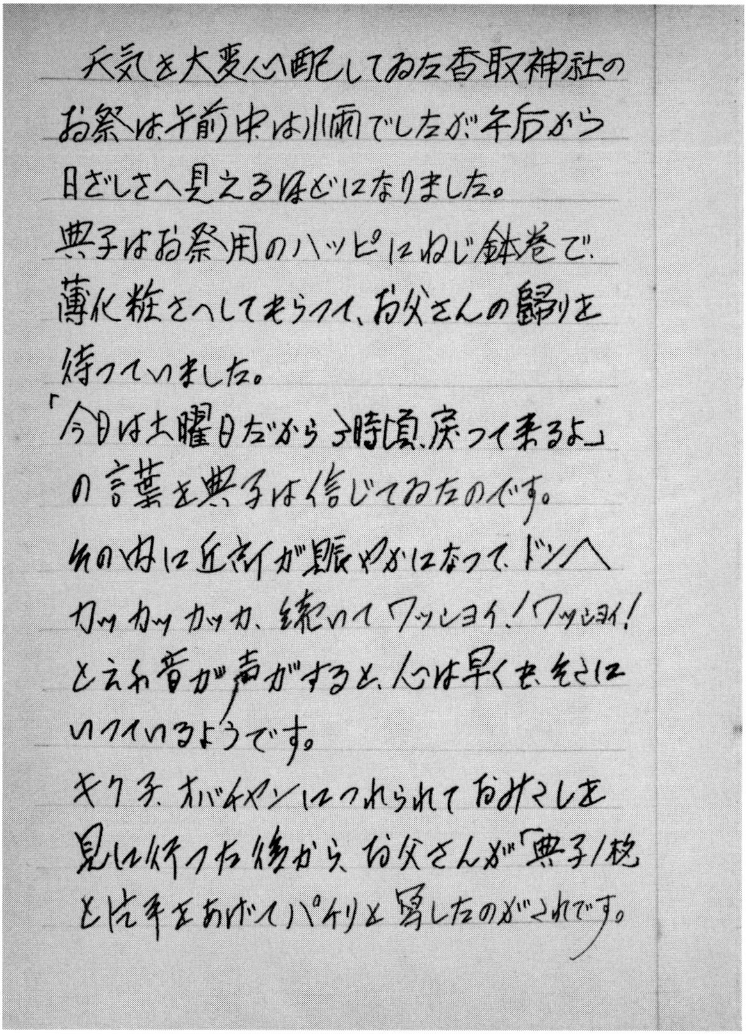
天気を大変心配してゐた香取神社の
お祭は午前中は小雨でしたが午后から
日ざしさへ見えるほどになりました。
典子はお祭用のハッピにねじ鉢巻で
薄化粧をしてもらつて、お父さんの帰りを
待つていました。
「今日は土曜日だから３時頃戻つて来るよ」
の言葉を典子は信じてゐたのです。
その内に近所が賑やかになつてドン〳〵
カッカッカッカ、続いてワッショイ！ワッショイ！
と云ふ音が声がすると、心は早くもそこに
いつているようです。
キク子オバチャンにつれられておみこしを
見に行つた後から、お父さんが「典子！枕
と片手をあげてパチリと写したのがこれです。

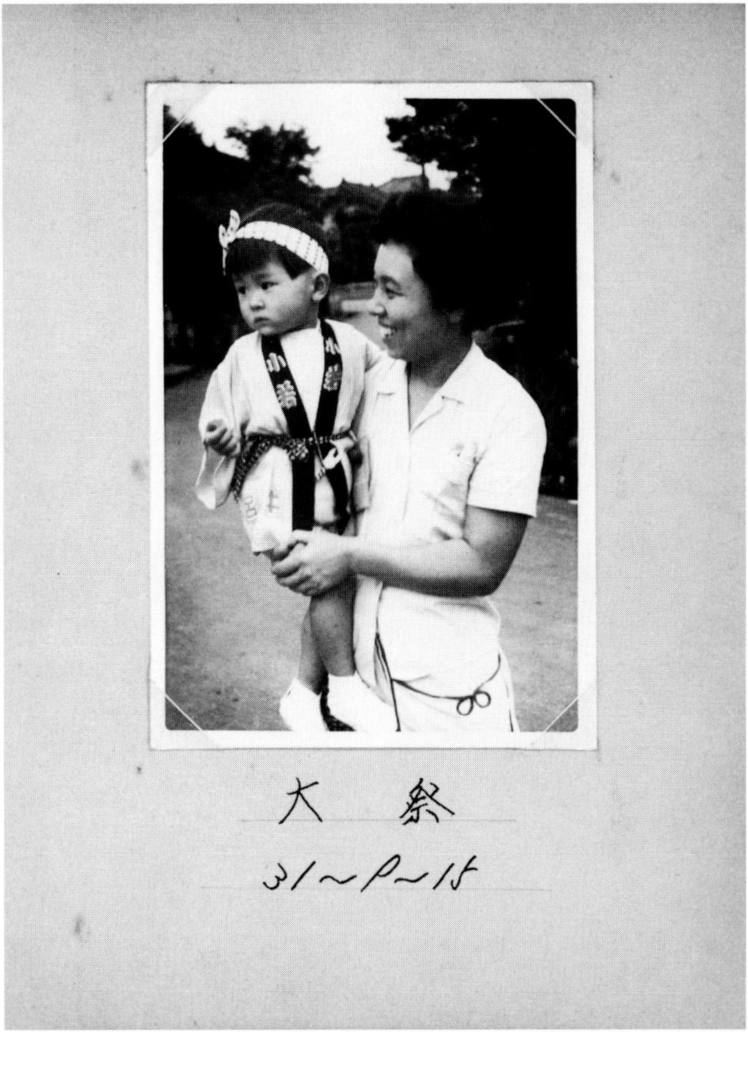

当時は子供も多く、お祭りも賑やかだった。屋台の綿菓子や杏子飴も美味しく、金魚すくいも楽しかった。私を抱いているのは父の妹のキク子叔母ちゃん。

秋分の日はカラリと晴れ上った天気でした。
典子は絵本をよく読んでもらいますが
一人でおとなしく読むことも出来る
ようになりましたから御安心下さい。
典子は字が読めませんから
絵を読んでいるのです。
典子はお父さんにしかられると、すぐ
ワーと大きな声で涙をポロ〳〵
流します。そして泣きやみます。
近ごろは、ふろくがつく
ようになりました。

「淋しくなっちゃった」とか「かなしくなっ
ちゃった」とかしゃくりあげて、その場の
雰囲気をつくります。その成長振り。
その日、横浜の友子おばさんがいらっし
ゃったことを記しておきませう。

父はよく絵本を買ってくれた。私のお気に入りは『鉢かつぎ姫』や『梵天国物語』。今、若い人と話をすると、これらの絵本はあまり読まれていないらしく、淋しい。

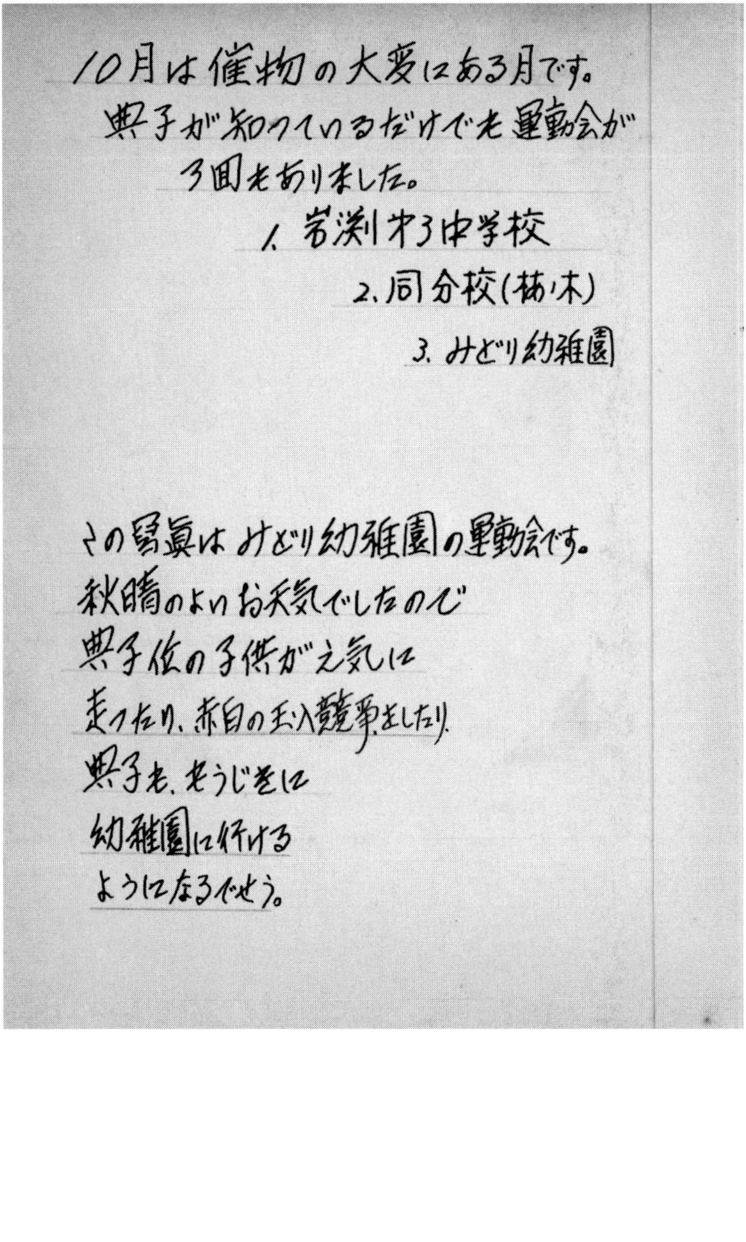

10月は催物の大変にある月です。
典子が知っているだけでも運動会が
3回もありました。
1、岩渕第3中学校
2、同分校(赫木)
3、みどり幼稚園

この写眞はみどり幼稚園の運動会です。
秋晴のよいお天気でしたので
典子位の子供が元気に
走ったり、赤白の玉入競争をしたり。
典子も、そうじきに
幼稚園に行ける
ようになるでせう。

セーターも胸当て付きのズボンも母のお手製である。ズボンには動物のアップリケとNI（Noriko Ito）のイニシャル。この２年後に、私は「みのり幼稚園」に入園。初めは人見知りして馴染めず、帰ってきたこともあるらしい。

典子は本年3歳になつたので
「七・五・三の祝」をすることになりました。
三崎から、浅草から、お父さんから、沢山の
祝品をいただき「11月15日」晴れの姿で
香取神社にお母さんとキク子小母ちゃんに
連れられてお参りをしました。
その足で浅草の燧家でお父さんと落合ひ、
記念すべき日に初のカラー写真
をとつたのですがその傑作中の
1枚だそうです。
お母さんの作品ですが案外に
腕達者なのには、お父さんも舌を
巻いて驚いていたようです。
すくすくと成長してゆく典子は大変
幸福なもの、一人でせう。

母の実家は呉服屋だったので、着物はそちらからのお祝いだろう。2014年に母が亡くなり多くを処分したが、これは捨てられなかった。巾着袋はハンドバッグ代わりになっている。

1956年よさようならの12月です。
12月に入ってから流行性感冒が
全国的に展がり、そのため学童は
特別休学が出た程の大騒ぎで
した。典子のうちではお陰様で
元気にクリスマスを迎へるため、
茶の間にモールを張って、美しい
クリスマスの小道具を飾って毎日を
楽しんでいました。
ところが、お父さんがかぜを引いたので
典子もお母さんにもうつってしまいまし
たが、典子は一日だけ寝てしまい
あとはすっかり元気になりました。
クリスマスの日にはサンタクロースの
おじいさんがケーキとジングルベルの
レコードを典子へ贈って下さいました。

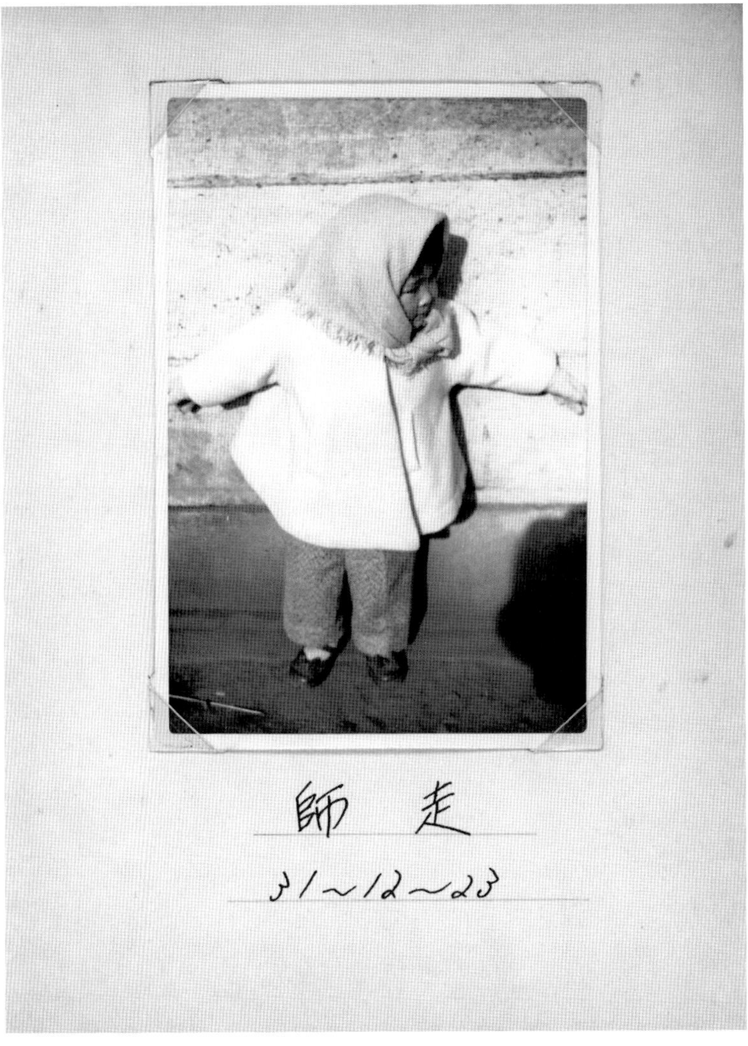

父はこの格好の私に違うポーズをさせ、「冬の日」（中扉 p.69参照）と題して写真大会に応募し銀賞をせしめた。北区文化写真連盟からの賞状を父は大切にし、今も私の手元にある。

典子の四季

1957

できごと—昭和32年(1957)

1月	美空ひばり、ファンに塩酸をかけられ火傷
3月	チャタレー裁判、訳者（伊藤整）・小山書店社長の有罪確定
4月	瀬戸内海で「第五北川丸」転覆、死者・不明者 113 人
5月	コカ・コーラ、日本で販売開始
7月	東京谷中「天王寺五重塔」、放火心中で焼失
8月	東海村原子力研究所、初の「原子の火」点火
9月	大阪に「主婦の店ダイエー」開店
10月	東京・八重洲の大丸、「パートタイマー」初募集
12月	上野動物園「モノレール」、営業開始 NHK・日本テレビ、カラーテレビ実験放送を開始

＊流行・・・パートタイム、「名犬ラッシー」（TBS テレビ）、長嶋茂雄（巨人と契約）

ＮＨＫが銀座に設置した
公開用のカラーテレビ

長嶋茂雄の巨人入団発表

1957年

典子の四季

（4）

典子を親しみ愛して下さいます皆さん
明けましておめでとうございます。
本年も昨年にまけないでよりよい「典子
アルバム」を作りたいと思って居りますから
御協力下さいますよう、お願いします。
ことしは酉年ね！と典子がいったら
お父さんてば、お父さんも「とり」だから
頑張るぞ！ですって、どうしてと聞いたら
「月給どり」と云う「とり」だものと、お笑いです
天然色は第2回目ですが、典子の着物は色付
文明開化の世に出れて幸です。

当時「おやじギャグ」という言葉はなかったと思うが、「酉年」にかけて「月給とり」をトリに見立てたギャグ。「お笑いです」と、父は私に笑われたかったらしい。

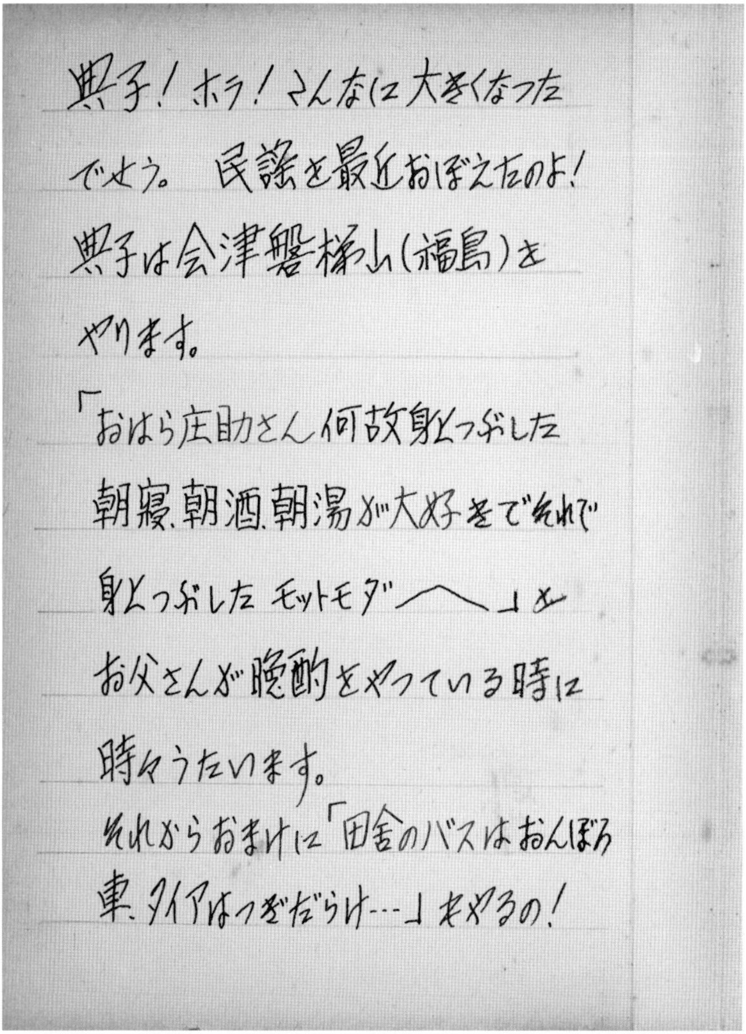
典子！ホラ！こんなに大きくなった
でせう。民謡を最近おぼえたのよ！
典子は会津磐梯山（福島）を
やります。
「おはら庄助さん何故身上つぶした
朝寝、朝酒、朝湯が大好きでそれで
身上つぶしたモットモダ〜」を
お父さんが晩酌をやっている時に
時々うたいます。
それからおまけに「田舎のバスはおんぼろ
車、タイアはつぎだらけ…」をやるの！

「会津磐梯山」は誰が教え込んだのだろう。父が晩酌をしている脇で芸として歌っていたようだ。「田舎のバス」は1955年に中村メイコが歌ってヒットしたとのこと。

典子は第3回目の誕生を迎へました。
この日は、晴れです。そして日曜日です。
お父さんは、きげんよく、「典子や、今日は
お前が、オギャ〳〵といって生れた日だ。
なにか、お祝をしなければならぬといわ
れたので、典子はお友達がもつている
「ミルク飲人形、買って」といいました。
お父さんと上野松坂屋にでかけて、
おもちゃ売場で、お人形が沢山あるので
迷よっちゃったのよ！だから高いのにしたの！
銀サロンで中食して、水上動物園に行きました。

「ミルク飲み人形」は1954年発売で、口から哺乳瓶で水を飲ませるとお尻から出てくる人形。これを求めて日本橋の百貨店には長蛇の列ができたという。

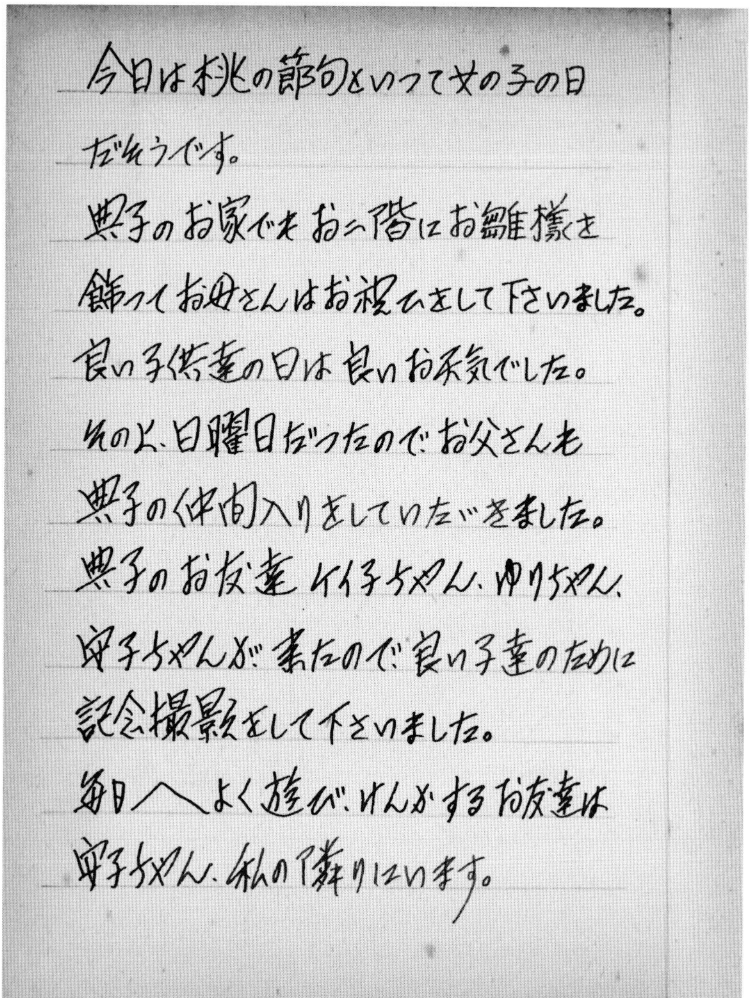

今日は桃の節句といつて女の子の日
だそうです。
典子のお家でもお二階にお雛様を
飾つてお母さんはお祝ひをして下さいました。
良い子供達の日は良いお天気でした。
その上、日曜日だつたのでお父さんも
典子の仲間入りをしていたゞきました。
典子のお友達 ケイ子ちゃん、ゆりちゃん、
安子ちゃんが来たので良い子達のために
記念撮影をして下さいました。
毎日〳〵よく遊び、けんかするお友達は
安子ちゃん、私の隣りにいます。

赤いほっぺたをした昭和の子供たち。遊びたくなるとその子の家まで歩いて行き、「○○ちゃん、あそびましょー♪」と節をつけて呼んだ。「あーとーでー」と断られることもあった。

暫く外出しませんでしたが春の陽が
一杯に当った休日のことです。
冬眠からさめた典子は、お父さんに連れら
れて、ハイキングとしゃれこんでみました。
赤羽駅東口前から鳩ヶ谷行バスに乗って、
川口周辺、荒川放水路の草むらを、
のんびりとした気持で、カバンと水筒をかけ、
散歩してみましたが、心がさわやかになり、
都会のごみ〳〵したのとは比較になりません。
水筒の中の紅茶の味は格別な味でした。
お弁当を草むらで食べるのは、初めてなので
ハズかしくて、どう〳〵食べることが出来ません。
お父さんにおあげしました。その代りパンは
へいきで食べることが出来ました。不思議ですね！

恥ずかしくてお弁当を草むらで食べられなかったという私。本当かなあ……。今とは違い、とても「恥ずかしがり屋さん」だったようだ。暖かくなったら、もう一度、お弁当を持って荒川放水路の草むらに行ってみたい。

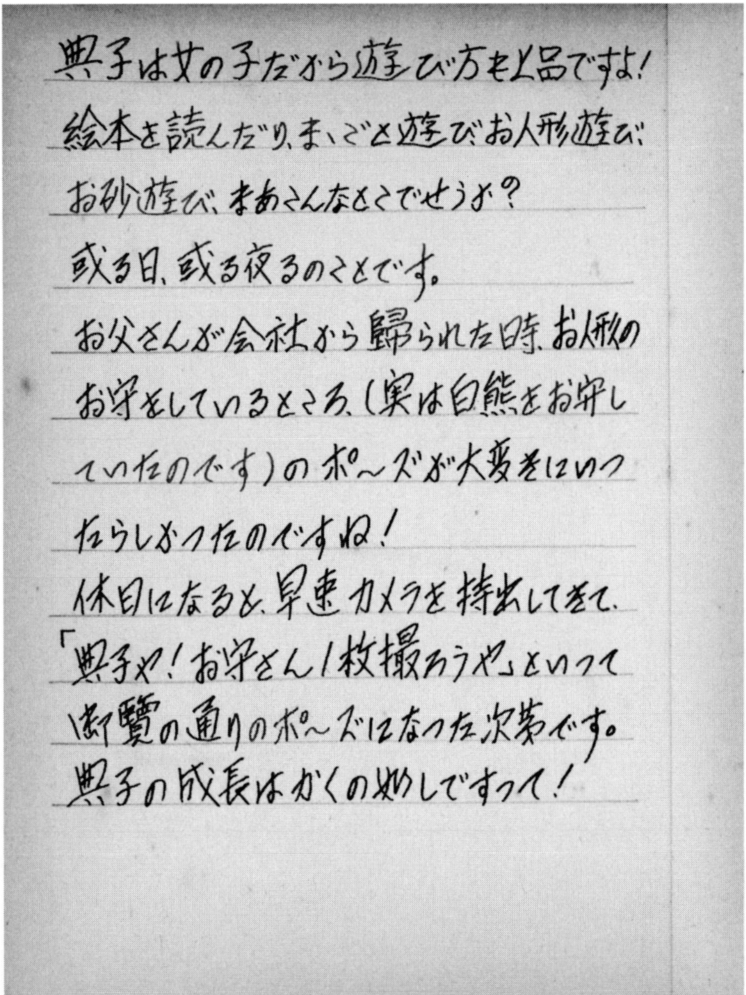
典子は女の子だから遊び方も上品ですよ！
絵本を読んだり、まゝごと遊び、お人形遊び、
お砂遊び、まあこんなとこでせうか？
或る日、或る夜るのことです。
お父さんが会社から帰られた時、お人形の
お守をしているところ、（実は白熊をお守し
ていたのです）のポ～ズが大変気にいつ
たらしかつたのですね！
休日になると、早速カメラを持出してきて、
「典子や！お守さん１枚撮ろうや」といつて
御覧の通りのポ～ズになつた次第です。
典子の成長はかくの如しですつて！

買ってもらった「ミルク飲み人形」を背負って、お守りのポーズ。父は私にいろいろな格好をさせて写真を撮るのが楽しみだったようだ。親孝行の私。

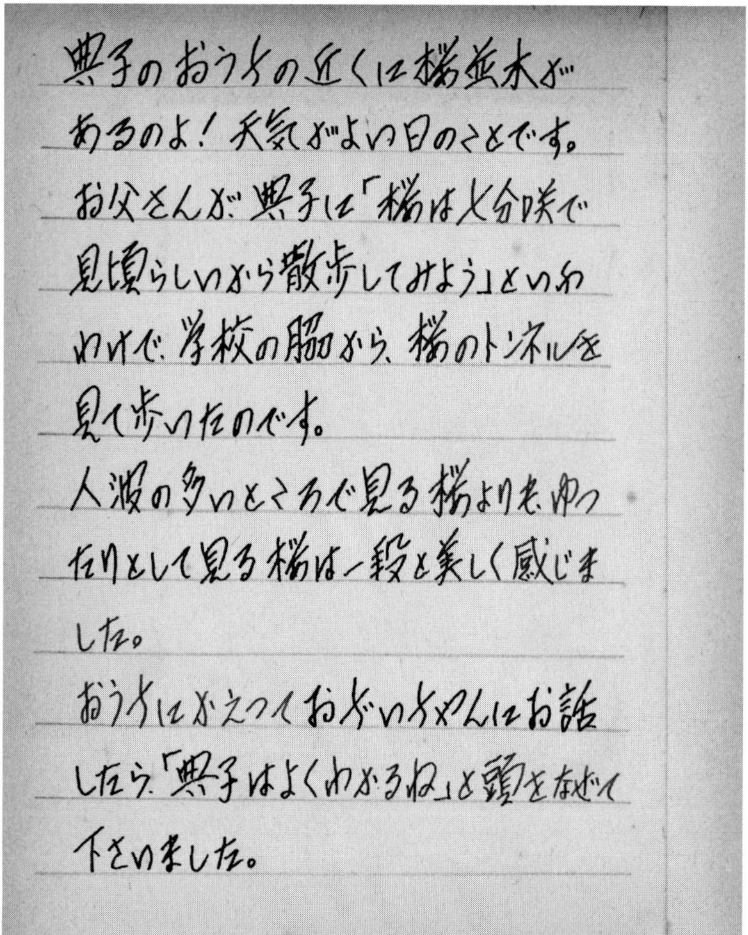
典子のおうちの近くに桜並木が
あるのよ！天気がよい日のことです。
お父さんが典子に「桜は大分咲で
見頃らしいから散歩してみよう」といわ
れて、学校の脇から、桜のトンネルを
見て歩いたのです。
人波の多いところで見る桜よりもゆっ
たりとして見る桜は一段と美しく感じま
した。
おうちにかえっておじいちゃんにお話
したら「典子はよくわかるね」と頭をなでて
下さいました。

この桜は「北区西が丘の桜並木」として健在だ。小学生の頃、ゴザをしいて友達とお花見ごっこもした。3年ほど前、認知症の始まった母とお花見したのもここだった。

典子は一人前のおつさうでせう。
リックサックに水筒！
何處へ行くのと聞いて
みたくなるでせう。
それは、お庭での
練習です。

お父さんから、声がかつたら、いつでも
その姿で遊びに行きます。
お父さんは、このところ増資で
お休みでも、机にかぢりつ
いて、勉強しているので
典子から誘えません。

30代も終わりの働き盛りだった父。「お父さんは、このところ増資でお休みでも机にかぢりついて勉強している」というから、相当忙しかったのだろう。遊んでやりたい気持ちを抑えていたのか。

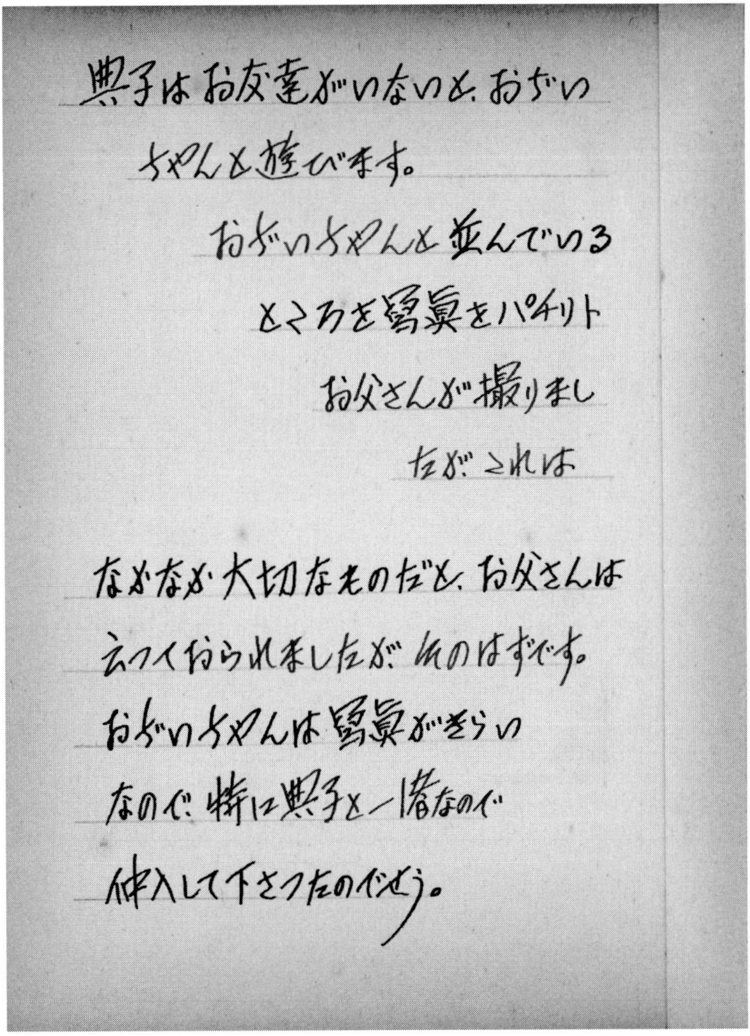
典子はお友達がいないと、おぢい
ちゃんと遊びます。
おぢいちゃんと並んでいる
ところを写真をパチリト
お父さんが撮りまし
たが これは

なかなか大切なものだと、お父さんは
云つておられましたが そのはずです。
おぢいちゃんは写真がきらい
なので 特に典子と一緒なので
仲入して下さつたのでせう。

当時、「写真に撮られると命が縮まる」などと言う人もいた。祖父もそう思っていたのだろうか。私を可愛がってくれた祖父は、私が小学校の頃、散歩中にころんで骨折したのが元で寝つき、77 歳で亡くなった。

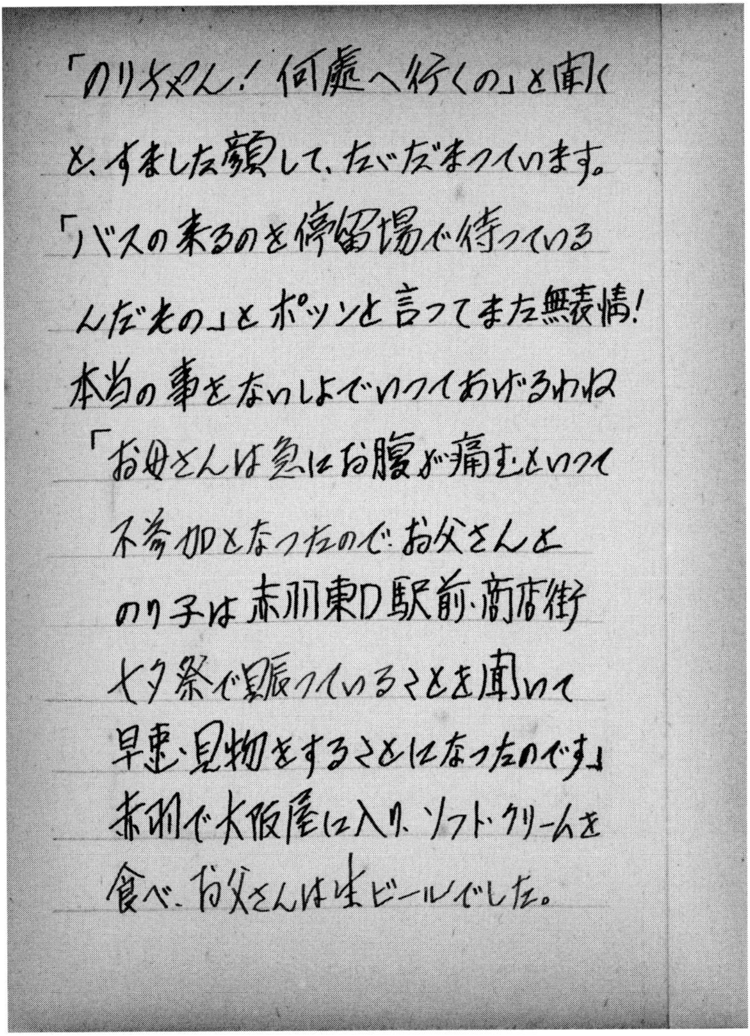

「のりちゃん！何處へ行くの」と聞く
と、すました顔して、ただだまっています。
「バスの来るのを停留場で待っている
んだもの」とポツンと言ってまた無表情！
本当の事をないしょでいってあげるわね
「お母さんは急にお腹が痛むといって
不参加となったのでお父さんと
のり子は赤羽東口駅前・商店街
七夕祭で賑っていることを聞いて
早速・見物をすることになったのです」
赤羽で大阪屋に入り、ソフト・クリームを
食べ、お父さんは生ビールでした。

赤羽駅は現在は高架化されているが、当時は踏切か階段を使わないと家のある西口から東口には行かれなかった。東口の商店街は賑やかで、お祭りも多かった。西口にあった「大阪屋」でホットケーキを食べさせてもらうのも楽しみだった。

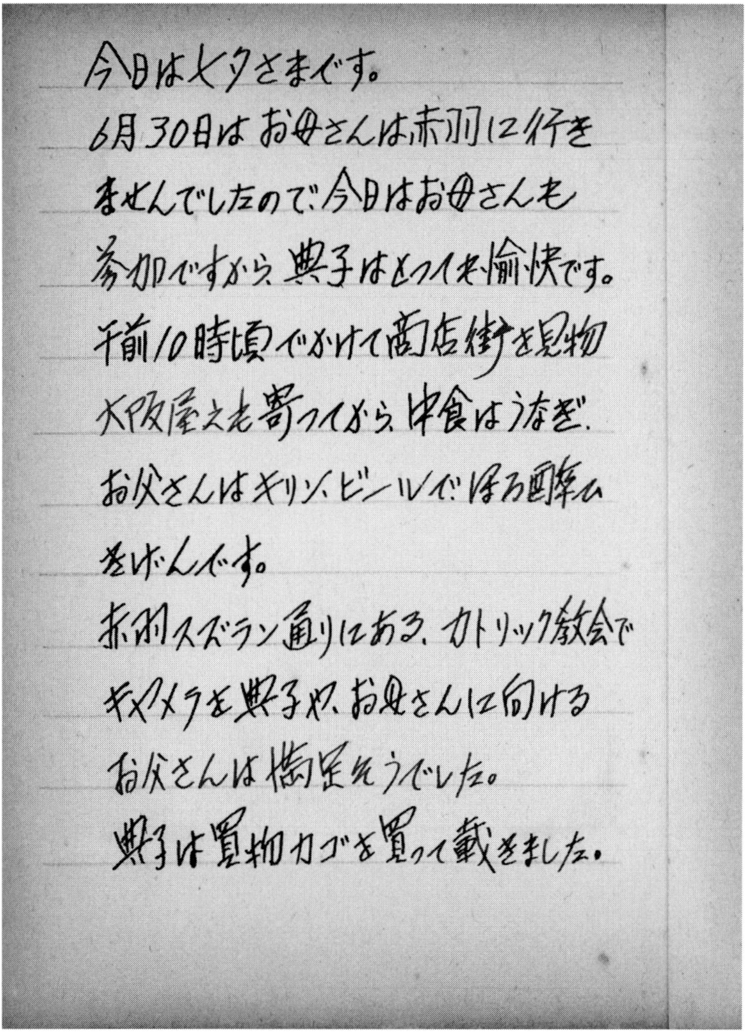
今日は七夕さまです。
6月30日はお母さんは赤羽に行きませんでしたので今日はお母さんも参加ですから典子はとっても愉快です。
午前10時頃でかけて商店街を見物
大阪屋えも寄ってから中食はうなぎ.
お父さんはキリンビールでほろ酔い
きげんです。
赤羽スズラン通りにある、カトリック教会で
キャメラを典子や、お母さんに向ける
お父さんは満足そうでした。
典子は買物カゴを買って戴きました。

赤羽の「埼玉屋」でうなぎを食べるのが、我が家のちょっとした贅沢だった。今も店は一番街の横を入ったところにあり、当時の娘さんが女将さんとして働いている。

土曜日なのでお父さんは会社から、
典子とお母さんはおうちから、おかちまち駅
14時待合せである。
ちようど駅の時計が14時をさしている。
落合つてから、風月堂でソフト・クリ〜ム
松坂屋でサンマ〜・バスケットを大・小
買いました。典子のもつているのは小さい
バスケットです。池の端でボ〜トに乗り
涼風を浴びて、夕食は釜めしを食べました。

土曜日に待ち合わせて親子で遊ぶのは、嫁という立場の母にとっても気晴らしだったのかもしれない。池之端でボートに乗る家族は今も居るだろうか。

むし暑い天気が続きます。
夜るになると家庭納涼大会をします。
典子のだいすきな花火です。
お父さんがやったり、お母さんがやったり、
おばちゃんもやります。
典子とおぢいちゃんは見て、やんへと
拍手を送ります。
お父さんは夜間撮影第1回の作品
だといって、フラッシュガンでとって下さ
ったのが、この写真です。
風鈴が時々なって納涼気分は
満点でした。

庭に縁台を出して皆で花火をするのは楽しいひとときだった。「むし暑い」といっても、クーラーもなく蚊帳を吊って眠ることができたのだから、今とは大違いだった。

熱海で一夜を過した、あくる朝は
雨です。旅行先で天気が悪るいと、とても
つまらないものですね！
やっと小止みをみて、熱海の町にある
水族館に行き、色々の魚を見たり、イルカ
族をみたりして、大変にたのしく思いました。
昼食は水族館経営の見晴しのよい旅館で
食べてから、ハイヤーで熱海駅に行き、
来の宮驛に向った時は晴間さへみえ
ましたが、7日の日は台風10号接近中との
ことで、大急ぎで東京へ戻って参りました。

たまに、父の勤める会社の寮に小旅行をすることがあった。
当時、熱海は新婚旅行の定番だったようで、父母の新婚旅行も熱海だったらしい。

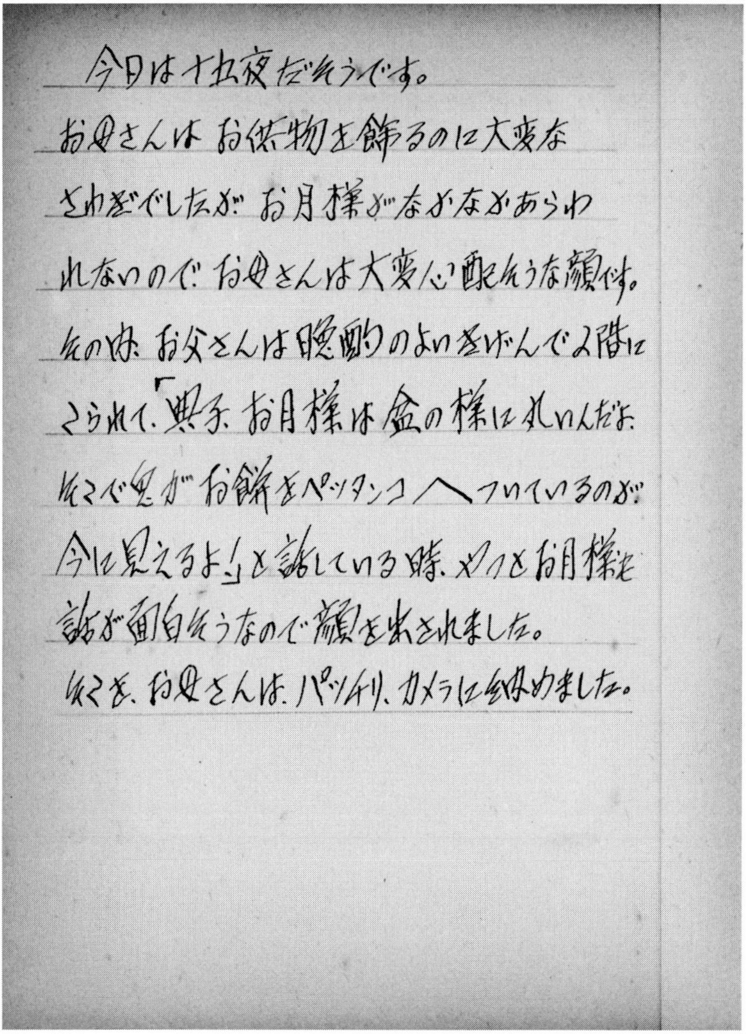

今日は十五夜だそうです。
お母さんはお供物を飾るのに大変な
さわぎでしたが お月様がなかなかあらわ
れないので お母さんは大変心配そうな顔です。
その内 お父さんは晩酌のよいきげんで2階に
こられて「典子 お月様は盆の様に丸いんだよ。
そこで兎がお餅をペッタンコ へ ついているのが
今に見えるよ!」と話している時、やっとお月様も
話が面白そうなので顔を出されました。
そこを、お母さんは パッチリ、カメラに納めました。

「お月見」は、派手ではないが好きな行事だった。母がつくったお団子に砂糖醤油をつけて食べるのも楽しみだった。最近はハロウィーンなどが人気の一方で、この行事があまり見られなくなったのは淋しい。

伊藤巖（いとう・いわお）

大正8年（1919）、東京生まれ。昭和16年（1941）、早稲田大学商学部卒（戦争のため、3か月の短縮卒業）。昭和17年（1942）、日本鋼管株式会社入社。昭和28年（1953）、34歳で結婚、翌年典子誕生。55歳で定年退職後、再採用などを経て61歳で退職。82歳没。

田中典子（たなか・のりこ）

昭和29年（1954）、東京生まれ。早稲田大学第一文学部を経て、同大学院修士課程修了（英文学）。ランカスター大学博士課程修了（言語学、Ph.D.）。高等学校英語教諭として約10年勤務した後、明海大学教授を経て、現在、清泉女子大学教授。

父のアルバム

2015年9月11日　初版発行

著者　伊藤巖 いとう いわお／田中典子 たなか のりこ

発行者　三浦衛

発行所　春風社 *Shumpusha Publishing Co.,Ltd.*

横浜市西区紅葉ヶ丘53　横浜市教育会館3階

〈電話〉045-261-3168　〈FAX〉045-261-3169

〈振替〉00200-1-37524

http://www.shumpu.com　✉ info@shumpu.com

装丁　長田年伸

印刷・製本　シナノ書籍印刷株式会社

乱丁・落丁本は送料小社負担でお取り替えいたします。

ISBN 978-4-86110-467-1 C0072 ¥1800E

「できごと」（p.2, p.36, p.70, p.104）写真提供：毎日新聞社